AF382434

Vanessa CHANTREAU

71%

Tome 1 : L'Espoir Du Passé

Édition BoD : Books on Demand,
12/14 rond-point des Champs-Élysées, 75008 Paris
Impression : BoD - Books on Demand, Norderstedt, Allemagne

ISBN : 978-2-3222-4874-2

Dépôt légal : février 2021

"Ce qui est fait par amour s'accomplit toujours par delà le bien et le mal", Nietzsche

4

Chapitre 1

La femme idéale

Dans une petite pièce sombre, 21 février 2129

Gary ouvrit le fichier avec impatience et inquiétude à la fois.

Il y a environ six mois, lorsqu'il avait lancé la première recherche, ce fichier de résultat était vide. Aucune candidate n'avait été trouvée. Aucune contemporaine ne correspondait aux critères. Abel n'avait pas d'autre option et comptait exclusivement sur cette opération de la dernière chance. Quand Gary avait annoncé la première fois l'échec de la recherche, il avait entrevu le désespoir dans cet homme habituellement de marbre. Abel s'était repris.

— Tu as cherché sur toute la planète ?

— J'ai cherché dans toutes les banques ADN disponibles. J'ai réussi à pirater les plus sécurisées d'entres elles.

— Ce n'est pas possible. Il y a forcément des femmes compatibles. Ou des femmes qui sauront jouer un rôle. Il faut chercher mieux.

— Je ne vois pas comment faire mieux. L'algorithme ne

trouve pas de femmes compatibles. Et une simple actrice ne conviendrait pas, nous en avons déjà parlé.

— Il existe quelque part une femme qui réussirait. Trouves-la-moi. Je n'y connais rien à ton truc, je ne sais pas, supprime les critères un par un jusqu'à ce qu'il sorte un résultat. Nous devons absolument essayer, même dix pour cent de chance de succès me suffirait.

— Ce n'est pas aussi simple que ça. Je n'ai pas une liste de critères à cocher ! DNA-match ne fait que calculer un score de compatibilité entre deux individus, à partir de l'ADN de chacun. Tout ce que je fais, moi, c'est parcourir les ADN féminins des banques et calculer pour chacun le score. Aucune paire supérieure ou égale à 70% n'a été trouvée. Et je ne peux pas diminuer le seuil. Cela n'aurait aucun sens, c'est comme si tu y allais toi-même.

— N'importe qui aurait de meilleures chances que moi. Fais comme tu veux et trouve moi quelqu'un, Gary. Réfléchis autrement.

Abel l'avait planté là sans que Gary ne puisse répondre. Resté seul, Gary était resté désemparé et sans idée.

"Réfléchis autrement".

Il en avait de bonnes, Abel, c'était pas l'énigme de Stanford [1] qu'il avait à résoudre.

Trois nuits plus tard, lors d'une de ses fréquentes insomnies, Gary avait eu un éclair de génie. Il s'était trouvé stupide de ne pas y avoir pensé avant. Il avait quitté son lit aussitôt pour mettre en œuvre cette idée. Avan l'avait aidé à implémenter cette nouvelle recherche.

Il attendait impatiemment de découvrir le résultat quelques cinq mois plus tard. Après cela, en cas d'échec, il n'y aurait plus

---

1. Épreuve de réflexion soumise aux étudiants de Stanford :
"C'est mieux que dieu.
C'est pire que le diable.
Les pauvres en ont.
Les riches en ont besoin.
Et si on en mange, on meurt."

rien à faire, Gary avait eu le temps de tourner le problème dans tous les sens.

Avant de cliquer sur le fichier, il vit qu'il n'était pas à zéro kilo octet.

Il n'était donc pas vide.

À moins d'un log d'erreur, il y avait le nom d'une femme dans ce fichier.

Au chat assoiffé, 21 février 2129

Gary rentra dans le café *Au chat assoiffé* hors d'haleine. La longue marche qu'il venait de faire avait fatigué l'homme de 47 ans qu'il était, lui qui avait une hygiène de vie déplorable.

La température extérieure frisait les -20 ° C, Gary avait préféré emprunter les dédales souterrains. La progression n'y était pas évidente. Il aurait pu emprunter les quelques métros encore en fonction, et ne l'avait pas fait car tous les trajets étaient surveillés. De nombreuses caméras de surveillance quadrillaient aussi les principaux chemins piétons, et il était impossible de savoir lesquelles fonctionnaient encore. Pour le gouvernement, il était facile de savoir qui était où et à quel moment. C'était exactement ce que les résistants souhaitaient éviter. Chacun, lors de ses déplacements au nom de l'organisation, se déplaçait à pied ou à vélo dans les réseaux souterrains parallèles.

Gary s'était trompé en prenant des routes peu connues et avait dû revenir sur ses pas.

Gary s'assit à la table d'un homme grand, d'une quarantaine d'années.

— Bonjour Abel.

Abel, impatient, salua Gary et posa son regard plein d'espoir sur l'informaticien.

— Nous ne nous sommes pas vu depuis que tu m'as annoncé que la recherche avait échouée. Tu as une bonne nouvelle ? Tu en as trouvé une ?

— Elle s'appelle Natacha Sensevrau. Son score est de 71%.

Abel ne put retenir un soupir de soulagement. Ils avaient un hit et c'était inespéré. Il était conscient que les vingt-neuf points d'incompatibilité étaient préoccupants, mais choisit d'ignorer ce détail.

— Merci Gary, bien joué. C'est formidable.

— Tu te doutes que pour la trouver j'ai dû faire un compromis. Un léger détail qui ne va pas jouer en notre faveur... commença Gary, hésitant.

— Je sais, 71% c'est quasiment le minimum acceptable ! Peu importe, je la préparerais avec encore plus d'attention.

— Ce n'est pas le score qui me préoccupe le plus. Par contre, en parlant de préparation, il faudra justement lui faire une formation spéciale...

— Tu comptes m'expliquer oui ou non ?

— Pour la trouver, j'ai étendu les recherches. Je n'ai pas étendu les recherches géographiquement, puisque j'avais déjà exploré le monde entier. J'ai ouvert l'espace de recherche temporellement. J'ai cherché dans le passé, dans le peu de base d'ADN disponibles à l'époque. Nous avons une chance extraordinaire de l'avoir trouvé. Natacha vient du XXIième siècle, de France.

Abel écarquilla un instant les yeux, ne s'attendant pas à cela.

Il réfléchit. Le plan prit forme en même temps qu'il l'énonçait.

— Si je comprends bien, nous allons rapatrier du passé une femme vers notre époque, pour ensuite la renvoyer dans un autre passé, qui correspondra à son futur, où nous souhaitons qu'elle agisse ?

— C'est un peu tiré par les cheveux mais je n'ai rien de mieux à te proposer. Il faudra la former à notre époque et nos mœurs afin qu'elle s'intègre le mieux possible dans notre environnement qui lui est complètement étranger.

— Et bien j'espère qu'elle aime les challenges !

Le maître des ordinateurs répondit par un geste d'impuissance. 71%, ce n'était déjà pas extraordinaire, et si en plus cette fille avait l'air d'une étrangère dans le milieu où elle devrait évoluer... Il sera vraiment difficile de ne pas éveiller les soupçons !

— Nous lui trouverons une couverture crédible pour justifier son comportement d'un autre temps s'il le faut. D'ailleurs, nous avons un problème à résoudre avant celui-là, et pas des moindres.

— Oui. Il va falloir lui expliquer la situation politique de son futur et la convaincre de quitter son confort pour une situation qui ne la concerne pas.

— Et il faudra être subtils car si nous arrivons avec nos gros sabots, prétendant venir du futur et vouloir l'employer pour une mission capitale pour sauver la planète, elle va surement rigoler et nous claquer la porte au nez.

— C'est clair. J'en parlerais avec Erwan. Il vendrait du lait à une vache, il va nous trouver une idée.

Chez Avan, 22 février 2129

Abel rentra dans l'appartement d'Avan, qui l'accompagna à son bureau. Abel enjamba deux grosses piles de documents, faillit glisser sur un dossier, réussit à éviter les nombreux câbles qui quadrillaient le sol, et se laissa tomber sur la première des deux chaises.

— On n'a pas l'impression d'être à l'ère du virtuel dans cet antre...

— Quand certaines activités ne sont pas franchement autorisées par le gouvernement en place, le papier reste ce qui procure la meilleure confidentialité. Seul mon système de classement rigoureux offre la sécurité nécessaire, répondit Avan avec fierté.

Abel apprécia d'un coup d'œil circulaire le bazar sans nom autour de lui, et réprima un sourire. Nul doute que lui seul s'y retrouvait.

— J'ai commencé à préparer le voyage, je pourrai partir dans deux jours.

— Dans deux jours ? Le plan d'Erwan a marché ?

— Oui. Erwan a pu tout mettre en place aujourd'hui. Quand il ne s'agit que de communication dans le passé, c'est simple à effectuer. Une fois les éléments mis en place, nous n'avons qu'à nous reconnecter au bon moment pour savoir ce qui c'est passé, même si l'action dure des mois dans le passé. Elle a mordu à l'hameçon, complètement séduite par l'idée. Je n'ai plus qu'à aller la chercher en me faisant passer pour un certain Antoine Mercier.

— Même s'il s'en est un peu trop vanté à mon goût, je reconnais que l'idée d'Erwan est très bonne...

— En effet, il est créatif ce jeune homme ! Lorsque je reviendrai avec elle, pour vous ici, ce sera transparent. Si je pars jeudi, je programme le retour pour la semaine suivante. Étant donnée une marge d'erreur d'environ quatre jours, je serai de retour avec elle ici entre le 28 février et le 6 mars. Arrivé sur place en 2012, tout est déjà organisé par les bons soins d'Erwan.

— Bon, cette première étape a l'air bien finalement. Il faut ensuite espérer qu'elle accepte de nous aider quand je lui dirai la vérité... s'inquiète Abel.

— Vu son profil psychologique, elle devrait apprécier modérément que l'on se soit joué d'elle... Mais la compétitrice qu'elle est ne résistera pas au défi !

— Souhaitons-le. Il ne faudra pas trop lui en dire. Je n'aime pas l'idée d'utiliser une innocente, je le fais car nous n'avons vraiment pas le choix. Natacha est notre dernière chance. Si elle échoue, dans quelques mois les États du Nord seront rayés de la carte et l'ensemble des ressources du continent sera entre les mains de Souli. Et je sais qu'il ne compte pas les donner à une association humanitaire.

— Nous en sommes tous convaincus. Il n'y a effectivement rien d'autre que nous puissions faire, Souli a dorénavant bien trop de pouvoir, répondit Avan.

Chapitre 2

Le Traité de Gestion des Ressources

Continent européen, 12 février 2115

L'Homme se targue d'être doté d'intelligence. Voir simplement le seul être vivant intelligent, sachant que de manière fort pratique juges et parties ne font qu'un.

Cependant, la définition de l'intelligence est assez floue, un mélange de capacité d'apprentissage, d'adaptabilité, de compréhension de son environnement et d'astuce. Il est bien difficile de l'estimer objectivement. L'homme mesure souvent l'intelligence à la maîtrise de son environnement.

Au cours de son développement, l'Homme a su maîtriser son environnement, le transformer, et l'impact qu'il a sur son milieu de vie ne cesse de croître. Quand Homo Sapiens élevait trois chèvres et cultivait des céréales à la mesure des besoins de la tribu, cela ne changeait pas la face de la Terre. Mais quand l'homme moderne prend des décisions, les impacts sont tout autres. Si ces décisions sont gouvernées par l'intérêt individuel à court terme au détriment du bien collectif à long terme, les conséquences peuvent être catastrophiques.

Malheureusement, les humains motivés par la préservation de l'environnement n'ont pas autant de pouvoir que ceux motivés exclusivement par le pouvoir, naturellement. Ils sont aussi trop peu nombreux pour se faire entendre dans ce brouhaha où domine "argent", "pouvoir", "sexe" et "plaisir".

Aujourd'hui, en 2115, quelques 7 millions d'années après l'apparition de l'Homme, son milieu de vie n'est plus tout à fait le même.

Deux ou trois détails ont changé.

La qualité de l'air.

Le climat.

Le paysage.

Le nombre d'espèces sur la planète.

Ce qui n'a pas changé, c'est le comportement de l'Homme.

Il continue de se battre pour le pouvoir. Il se l'approprie par différents biais, généralement la maîtrise des besoins primaires. Impossible de classer ces besoins par priorité, les deux principaux étant la nourriture et le sexe. Ou le sexe et la nourriture.

Cependant, au XXII$^{i\grave{e}me}$ siècle, autant s'accoupler ne présentait pas plus de difficulté que les siècles passés, autant s'alimenter, par contre, était une gageure pour l'humanité.

Notamment en Europe.

Le temps où l'Europe produisait trop d'alimentation, en exportant une partie, et en en jetant des tonnes annuellement, est bel et bien révolu. Depuis la catastrophe en 2104, une épaisse couche de glace recouvre plus des trois quarts du continent, transformant la répartition des ressources sur le territoire. Si l'on devait colorier en vert les zones productrices sur une carte, seule une partie de l'Europe septentrionale serait coloriée, correspondant au Danemark, à la Norvège, la Suède et la Finlande. Deux autres tâches vertes seraient également présentes à l'emplacement du Royaume-Uni et la Suisse. Ces derniers pays ont fermé leurs frontières et se tiennent complètement à l'écart de la politique continentale.

Entre le pouvoir et la survie, les verts ont choisi la survie.

Le reste de la carte est blanc comme la glace qui la recouvre. Entre le pouvoir et la survie, les blancs ont choisi le pouvoir.

En conséquence, aujourd'hui, les blancs dépendent entièrement des verts.

Choisir c'est renoncer. Certains ont sacrifié leur niveau économique et le maintien de leur puissance militaire, d'autres se sont désintéressés de la pérénité de leurs ressources.

Le pouvoir conféré par le monopole de l'alimentation est fragile, susceptible d'être bousculé par les envieux, surtout lorsque l'on n'est pas en mesure de le défendre.
En 2105, pour se protéger du pillage, le Danemark, la Norvège, la Suède et la Finlande fermèrent leurs frontières et créèrent une alliance : ils se réunirent derrière un seul drapeau, celui des "États du Nord". À leur tête, une femme fut nommée, Vigdis.

Le reste de l'Europe, en proie à la famine, à la guerre, et à l'exode, laissa les États du Nord relativement tranquilles. Lorsque la situation se stabilisa, la production des États du Nord était suffisante pour qu'ils puissent venir en aide dans une certaine mesure au reste de l'Europe. En 2110, ils réouvrirent leurs frontières et firent commerce de leur surplus de production.

Bien sûr, ils n'allaient pas pouvoir nourrir tout le continent, l'assistance devait céder le pas à l'accompagnement vers l'autonomie.

À l'issue de nombreuses discussions, un traité vit le jour : le Traité de Gestion des Ressources.

Proposé par les États du Nord, il devait être ratifié par le reste de l'Europe, désormais réorganisée en Démocratie Européenne. Ce traité fut signé le 12 février 2115. Il comprend trois points essentiels :

1. Les États du Nord s'engagent à fournir intégralement leur excédent de production de nourriture à la Démocratie Européenne.

2. La Démocratie Européenne s'engage à mettre tout en œuvre pour développer sa propre production, selon les méthodes mises au point par les États du Nord. Ces derniers enverront des scientifiques développer des laboratoires dans le reste de l'Europe pour y enseigner leurs techniques.

3. La Démocratie Européenne s'engage à se démilitariser complètement.

Ce traité ne faisait pas l'unanimité au sein de la démocratie.

Ceux qui n'avaient pas voulu prévoir ne comprenait pas pourquoi le partage était conditionné, et osaient même taxer les États du Nord de profiteurs.

D'autres trouvaient simplement plus pratique d'aller se servir.

Beaucoup étaient complètement opposés au désarmement.

Il y avait même des individus, ne manquant pas d'ironie, qui indiquaient que toute la production des États du Nord était issue d'OGM et très mauvaise pour la santé et la planète.

Cependant, le gouvernement de l'époque le signa sans plus de négociation, n'ayant pas d'alternative pour enfin remettre quelque chose dans les assiettes des Européens.

Pour garantir le suivi du traité, un ministère des ressources fut créé en Démocratie Européenne. Kalor en pris la tête. Âgé de cinquante-sept ans, il avait toujours été plus ou moins dans la politique, sans vraiment percer. Il savait brosser les bonnes personnes dans le sens du poil. Kalor s'arrangeait également pour ne pas faire de vague, ce qui impliquait qu'il ne révolutionnerait pas le monde, versé dans l'art du compromis et de la demi-mesure qu'il était.

L'armée de la Démocratie Européenne fut dissoute quelques mois après, et une cinquantaine de serres furent montées par des scientifiques des États du Nord dans différentes zones du continent.

Les scientifiques Nordistes transférèrent leurs connaissances aux différents spécialistes Européens : agriculteurs, biologistes, généticiens, chimistes,... Ils importèrent les plantes génétiquement modifiées pour pousser dans les nouvelles conditions environnementales, avec un rendement significativement supérieur. Les cultures en sous-sol pouvaient être mises en place rapidement grâce à l'expertise des États du Nord.

Ces derniers estimaient qu'en 2117 la Démocratie Européenne couvrirait 50% de ses besoins, et qu'il faudrait seulement trois ans pour être auto-suffisant, si tous les moyens nécessaires étaient mis en œuvre comme stipulé dans le traité.

Chapitre 3

En route pour l'Europe

États du Nord, 20 mars 2115

Les engagements du TGR[1] ne motivaient pas les foules. Partir pour l'Europe dévastée relevait de la mission humanitaire et seuls quelques altruistes s'étaient portés volontaires, accompagnés par les ambitieux qui pensaient que cela ferait joli sur le CV.

Élia faisait partie de la première catégorie. Elle était voluptueuse, plutôt petite, blonde avec de longs cheveux épais. Ses yeux étaient d'une couleur indécise, tirant sur le gris et sa jolie bouche, toujours rehaussée de rouge, s'étirait très souvent en un sourire enthousiaste. Élia était très charismatique et souvent jugée par la gente masculine comme sensuelle et attirante.

Elle souhaitait contribuer à quelque chose d'important, partager sa chance d'être née au bon endroit 27 ans auparavant. Depuis la fin de ses études de biologie végétale, elle avait travaillé dans un laboratoire de phytosociologie. Sa thématique

---

1. Traité de Gestion des Ressources

était les partenariats favorables. Il s'agissait de trouver les bonnes associations de plantes afin d'augmenter la croissance et la production dans les cultures. Dans le cadre de ses recherches, la jolie blonde avait passé beaucoup de temps dans différentes serres souterraines, appelées Walipinis [2].

Le secret de la survie des États du Nord, voire de leur confort, résidait dans ces bijoux techniques et scientifiques qu'étaient les Walipinis. Ces serres n'avaient pas besoin d'être très vastes, car les Nordistes étaient arrivés à un niveau de maîtrise de la culture aéroponique qui permettait de nombreuses superpositions. Les plantes étaient soutenues par une structure souple et mince, composée de trois feuillets.

Le premier feuillet, au contact des racines des plantes, était un réseau microscopique permettant la circulation de l'eau et des nutriments. L'eau n'était pas difficile à trouver et provenait simplement de la glace en surface qui était fondue. Des nutriments y étaient ajoutés pour la première récolte, puis, lors des cycles suivants, 90% des besoins seraient couverts par le recyclage des plantes de la génération précédente.

Le feuillet inférieur était formé de polymères semi-conducteur émetteurs de lumière. Cette couche éclairait les plantes du dessous.

En intermédiaire, une couche thermique permettait de diffuser de la chaleur. Considérant le nombre d'étage, cela conférait à la serre une température constante et homogène. Cette couche médiane fonctionnait en symbiose avec la couche inférieure en récupérant la chaleur dégagée par les diodes électroluminescentes organiques.

Le nombre de superpositions n'était limité que par la hauteur disponible.

Ce procédé était très efficace, peu coûteux en eau et en énergie, pour un rendement optimal.

Élia connaissait parfaitement le fonctionnement des

---

2. D'après le mot indien *Aymara* "Lieu chaleureux". Par extension, ce terme désigne la culture en serre souterraine

Walipinis, ainsi que les besoins et spécificités liés aux différents types de culture. Elle était la personne idéale pour être la référente de l'ensemble des Walipinis mis en place en Europe. Elle partait pour au moins un an de visites régulières à chacun d'entre eux et n'avait pas prévu de rentrer chez elle au cours de sa mission. Élia allait superviser la mise en place, déterminer quel type de culture attribuer à quel Walipini pour répondre à la totalité des besoins. Elle devait aussi prodiguer ses conseils aux scientifiques pour ajuster le patrimoine génétique des plantes, si nécessaire, aux conditions environnementales sur place. Volontaire, la tête sur les épaules, ces lourdes responsabilités ne lui faisaient pas peur, elle avait l'âme d'une meneuse.

Plusieurs convois de matériaux la précédaient, direction Cassiopée, le Walipini qui servira de référence en Europe, situé à proximité de la capitale. Celui-ci serait entièrement mis en place à l'aide des États du Nord, fournissant les matériaux nécessaires à la construction des feuillets et à l'irrigation, ainsi que les semences. Des ingénieurs et techniciens Nordistes y étaient déjà, pour commencer la construction de Cassiopée et former les Européens qui travailleraient dans les autres serres souterraines. Les autres Walipinis se chargeront de tout faire eux-mêmes : production des matériaux, fabrication des feuillets et mise en place de l'irrigation. Toutes les graines pour la première récolte sont en revanche fournies par les Nordistes. En attendant le Walipini témoin, les autres avaient déjà beaucoup de travail pour aménager les caves ou autres souterrains.

Élia avait déjà fait ses adieux à sa famille dans le Nord. Elle avait souhaité faire une étape après la frontière chez son amie Stasya avant le grand départ. Elles avaient fait leurs études ensemble dans les États du Nord. Stasya, originaire d'une zone limitrophe, avait eu la chance d'être dans le Nord grâce à ses études au moment de la catastrophe. Elle était rentrée chez elle en 2110, à la réouverture des frontières. Élia et Stasya ne s'étaient pas revues depuis, mais étaient restées en étroit contact, et allaient le rester, par amitié, ainsi que pour des raisons professionnelles : Stasya prenait la direction d'un Walipini chez elle, la Grande Ourse. Avec son expérience, elle n'aurait pas énormément besoin de l'aide d'Élia mais se réjouissait de ses visites, quelques soient les prétextes.

C'était l'heure.

— Ma Stas', ce coup-ci c'est parti pour de nouvelles aventures. Et promis, on ne restera plus aussi longtemps sans se voir !

— Oui, moi je ne bouge pas et j'attends avec impatience les visites de Mme la responsable. Bonne chance là-bas, j'espère que tout va bien se passer pour toi.

Elles s'étreignirent, puis Élia récupéra sa valise et son sac, elle voyageait léger. Elle marcha vers le petit dirigeable, dont le pilote automatique était programmé pour sa destination. Plus d'étape désormais, en vol pour Cassiopée, où une certaine Jade, volontaire Européenne, l'attendait. Le décollage se fit en douceur, silencieusement. L'appareil prit rapidement de l'altitude.

Elle pensait à ce qui l'attendait. Elle était fière de son pays qui avait admirablement anticipé les événements, pour la protection et le bien-être de la population. Et elle était fière d'en faire profiter ceux dont les gouvernements avait privilégié leurs intérêts personnels. En passant chez Stasya, elle avait un aperçu des conséquences de la catastrophe chez ceux qui n'étaient pas prêts. Mais elle savait que les pays limitrophes avaient bénéficié de la proximité des États du Nord et n'étaient pas les plus touchés. Pendant la fermeture des frontières, un marché noir avait permis aux zones limitrophes de beaucoup moins souffrir de la famine.

Élia regardait le paysage qui défilait au-dessous d'elle. La blancheur éblouissait ses yeux, d'autant plus sensibles qu'ils étaient très peu exposés à la lumière du jour. La majeure partie de l'activité humaine se déroulait en souterrains, à la lumière artificielle ou dans la pénombre. Cette vue donna un frisson à Élia. De la glace à perte de vue, qu'elle savait être haute de plusieurs mètres voir plusieurs dizaines selon les endroits. Par endroit, assez régulièrement, le paysage blanc était maculé de larges tâches noires, dont la circonférence atteignait des dizaines de kilomètres. Ces empreintes témoignaient de la présence de ville du siècle dernier, certaines encore habitées, sous la couverture de glace. Au travers de cette dernière remontait toute la pollution et la noirceur caractéristique des zones urbaines. Si elle ne s'arrêtait pas à Cassiopée et qu'elle poursuivait bien plus au sud, elle aurait pu espérer apercevoir des percées de végétation, lorsque la glace devenait moins épaisse.

Mais là où elle se rendait, la végétation ne pousserait plus que sous terre.

Démocratie Européenne, 20 mars 2115

Caïn était arrivé par la surface, et il descendait à l'aide d'une nacelle sur son nouveau lieu de travail. Il avait hâte de le découvrir.

Lors de la signature du TGR, il avait vu l'opportunité pour lui de faire quelque chose d'utile, d'essayer de réparer les dégâts. Ou d'en atténuer les conséquences en tout cas. La situation économique en Europe n'étant pas tellement mieux que la situation écologique, la mise en place des Walipinis s'appuyait uniquement sur le volontariat. Il n'y avait pas d'argent à gagner : être nourri et logé était un énorme avantage et suscitait de nombreuses candidatures. Une sélection drastique, effectuée par une commission Nordique, avait laissé de côté de nombreux nécessiteux n'ayant pas les qualités requises. La construction des serres souterraines promettait d'être difficile, les premiers temps il s'agissait vraiment d'un travail de force. Les Walipinis étaient difficilement accessibles, il était impossible de mécaniser l'activité, l'aménagement des sous-sol allait être un vrai labeur de mineurs des siècles passés.

Caïn avait été sélectionné, et avait même été nommé directeur du Walipini du Corbeau. Il avait 18 ans au moment de la catastrophe, et avait choisi l'armée plutôt que les études. Il espérait pouvoir aider la population. Son frère cadet d'un an s'était engagé le même jour que lui, et y était resté jusqu'au TGR. Frustré par l'armée, au sein de laquelle il ne pouvait agir autant qu'il le souhaitait, Caïn avait lui démissionné en 2108. Depuis, il avait œuvré à la reconstruction du pays, tour à tour maçon, électricien, ingénieur et parfois même infirmier. Il avait appris sur le tas et était malin. Il avait toutes les compétences pour être un bon chef.

Son Walipini était une ancienne mine de charbon. Caïn avait décidé de le baptiser du nom de la constellation du Corbeau.

Sa haute taille ne l'avantageait pas dans l'étroit conduit qui menait à l'une des deux salles souterraines. Il nota mentalement tout ce qu'il fallait faire. Remplacer la nacelle par un ascenseur, agrandir ce conduit, drainer l'eau qui suintait et qui formait de nombreuses flaques au sol, mettre un éclairage et tant d'autres choses encore. Les ouvriers arrivaient demain, cela lui laissait le temps de définir les tâches prioritaires.

Il déboucha sur la salle principale où l'éclairage faiblard ne permettait pas d'en mesurer l'étendue. Il savait qu'elle était grande, qu'il n'y aurait pas besoin de l'agrandir, juste de consolider et sécuriser le plafond.

Caïn comptait finir sa visite, préparer le plan de bataille pour ses ouvriers, et il allait commencer tout seul dès que possible. Il était extrêmement motivé.

Chapitre 4

Le départ

Démocratie Européenne, 25 février 2129

Dans la voiture électrique, Avan filait vers son laboratoire clandestin de voyage temporel. Il n'était accompagné que de Jade, résistante de la première heure. Elle l'assisterait pour le départ, et attendrait au laboratoire son retour.

La navette était bien trop imposante pour être stockée au QG de la résistance. En effet, les voyages nécessitaient une quantité d'énergie considérable qui était stockée dans des batteries volumineuses. Trouver un endroit spacieux dans une zone tranquille n'était pas difficile, ce n'étaient pas les *no man's land* qui manquaient depuis la catastrophe. En revanche, se raccorder discrètement au réseau électrique nécessitait beaucoup plus d'ingéniosité, étant donnée la quantité d'énergie prélevée. C'est Gary qui, en piratant le système informatique d'une centrale électrique, avait réussi à détourner ni vu ni connu toute l'électricité dont ils avaient besoin.

Ils étaient partis depuis plus d'une heure lorsque la masse grise de l'ancienne tour de contrôle se dessina au loin. Ils approchaient. Sans ce point de repère, difficile de savoir que des centaines d'avions transitaient quotidiennement par ici cinquante ans auparavant. Désormais, une épaisse couche de glace irrégulière recouvrait de la même manière les anciennes pistes, les bâtiments, le paysage alentour.

Avan et Jade se dirigèrent vers la gauche de la tour de contrôle, roulant tout droit vers un mur de glace. Puis, au dernier moment, une étroite ouverture se dessina, dans laquelle la voiture se faufila. Il s'agissait du seul accès à l'intérieur de l'aérodrome, menant à un des rares parkings souterrains ne s'étant pas entièrement effondrés sous le poids de la glace.

Ils se stationnèrent, et accédèrent à pied au laboratoire. Celui-ci consistait simplement en une petite salle, sommairement aménagée dans un coin du sous-sol, à proximité de la navette.

Jade, frigorifiée, souffla de soulagement en entrant au chaud et s'installa aux ordinateurs pour initialiser le voyage.

Avan était prêt. La navette à voyager dans le temps était programmée pour arriver autour du 11 juin.

S'il arrivait trop tôt, il attendrait le bon moment pour contacter Natacha, afin d'être cohérent avec le scénario imaginé. Il y avait également un manque de précision concernant le lieu. Avan espérait ne pas être trop loin de Natacha.

Au moment de sortir de la salle pour aller dans la navette, Avan salua Jade. Elle lui répondit gravement par un signe de tête, prolongeant l'échange de regards.

Avan ressentit l'importance de ce moment et eut un léger vertige. Il se reprit et quitta la pièce sans un mot.

Les sept règles

1. *Il ne doit pas y avoir deux occurrences concomitantes du même individu. Un individu ne doit pas voyager dans une époque où il existe déjà ou encore.*

2. *Il est formellement interdit de tuer lors d'un voyage dans le temps.*

3. *Il est formellement interdit d'engendrer une descendance lors d'un voyage dans le temps.*

4. *La durée d'un voyage dans le temps doit être réduite au minimum.*

5. *Les interactions d'un individu avec d'autres individus et l'environnement d'une autre époque doivent être limités au minimum.*

6. *Le nombre de voyages dans le temps d'un même individu doit être limité au minimum.*

Au présent, 12 juin 2012

Avan ouvrit les yeux suite à l'action du gaz de réveil qui était diffusé par son masque. Il l'ôta puis regarda l'écran de contrôle : la navette était bien arrivée en 2012, le mardi 12 juin plus précisément. Parfait. Quant au lieu... Moins parfait, il se trouvait à environ 150km de Natacha. Il pesta tout haut :

— Ça ne vaut pas le coup de maîtriser le voyage dans le temps pour pas être foutu de viser le bon endroit. Pas au point c'te connerie. Je me serais bien passé des transports en commun moi.

Avan s'extirpa péniblement de l'étroite cabine. Ce n'était déjà pas particulièrement spacieux avant, mais depuis que l'habitacle avait été réaménagé pour accueillir deux passagers au lieu d'un, il fallait vraiment être souple.

La production d'une navette était très coûteuse en temps et en matériel, il n'y avait qu'un seul prototype, baptisé Timeo. Il a évolué depuis deux ans au gré des corrections et améliorations.

Avan continua de râler :

— Pis il fait chaud en plus, c'est pas vrai. 27° ! ! ! On n'est plus habitué nous.

Il vérifia que la navette était correctement camouflée. Il aurait préféré louer une voiture, mais en cas d'accident il allait être beaucoup plus compliqué d'effacer ses traces dans ce siècle. Il opta donc pour les transports en commun, un bus l'amènerait à la gare la plus proche. Il reviendrait avec Natacha de la même manière.

Chez Yann, 15 juin 2012

Pour son premier jour de vacances, Natacha rendait visite à son frère, Yann. Il revenait d'un déplacement professionnel de plus de 2 mois. Elle gara sa moto dans la cour puis se dirigea vers l'entrée de la maison. Son frère l'avait entendu arriver et était dehors.

— Eh ! Tu n'es pas très bronzé ! Lança Natacha.

— Une bonne fois pour toute, ce n'était pas des vacances. Je suis pas prof, moi, j'ai un métier.

— Ah ah.

Natacha rentra, et posa son casque et son blouson dans l'entrée. Son frère leur servit un apéritif. Elle appréciait énormément ces moments à deux.

— Bon quoi de neuf ? Maria va bien ?

— Sans doute… Pour tout te dire, elle commence à en avoir marre de mes absences prolongées… Je m'attends à tout moment à trouver ma valise faite sur le pas de la porte.

— Ouch… Je ne voudrais pas dire, mais ça fait quelque temps que ça couve. Tu m'as dit qu'il n'y avait plus d'amour entre vous. Vous attendez quoi pour refaire votre vie ?

— Je ne sais pas trop. Il n'y a pas grand chose qui nous retient, nous n'avons pas d'enfant, la maison serait assez facile à vendre. Pour l'instant ça va comme ça, nous verrons bien quand ce sera insupportable. J'avoue qu'avec la course je n'ai pas trop le temps d'y penser. À moins que ce ne soit l'inverse d'ailleurs, que je fasse tous les trails possibles pour ne pas penser. Une forme de fuite et de lâcheté, je m'en rends compte. Bref, je ne suis pas prêt. Mais et toi ? Tu en es où avec Cyril ?

— Encore une fois, la vie est courte, je ne sais pas ce que tu attends pour être heureux. Je serais là quand tu en auras besoin tu le sais.

Natacha marqua un temps, pensive, puis repris :

— Avec Cyril, je ne sais pas trop. Mine de rien, ça fait presque 8 mois qu'on couche ensemble en toute discrétion. On n'est pas prêt ni l'un ni l'autre à s'engager, pourtant j'ai des sentiments pour lui, je suppose. De temps en temps, j'aspire à l'amour d'un homme, à la sérénité et au confort d'une relation stable. Et le reste du temps, je me dis que mon indépendance est précieuse et je n'arrive pas à m'imaginer partageant le quotidien d'un homme. Faire les corvées ensemble, rendre des comptes, faire des efforts...

— Si tu étais amoureuse, tu ne te poserais pas toutes ces questions et tu n'envisagerais pas les choses sous cet angle. C'est simplement que tu n'as pas trouvé l'homme parfait encore !

— Mon cher frère, au pays des Bisounours ! L'homme parfait n'existe pas, ça fait longtemps que je le sais et que je ne cherche plus.

— Un peu de rêve et d'espoir ne font pas de mal tu sais. Et Cyril, qu'attend-t-il de votre relation ?

— Il ne souhaite clairement pas que notre relation aille plus loin. Et quand j'essaye subtilement de lui faire comprendre que j'attache un peu d'importance à notre relation, il temporise plus qu'autre chose. Je sais qu'il voit d'autres filles de temps en temps même s'il n'en parle pas.

— Alors que toi tu es d'une fidélité exemplaire.

Natacha sourit, absolument pas gênée.

— Oui bon. J'aime les hommes, à priori je leur plais aussi, donc... Je profite ! Je ne veux pas avoir de regrets. Pour en revenir à Cyril, cela montre que je peux fort bien me passer de ses services.

— Ou bien tu cherches à attirer son attention...

— Peut-être. En fait je ne sais pas si j'ai vraiment des

sentiments ou si je ne suis pas juste vexée qu'il ne soit pas davantage en mon pouvoir.

Yann rit franchement.

— Tu reconnaîtras que vous n'êtes pas simples vous les femmes. Hé mais au fait ! Ces vacances mystérieuses dont tu n'as pas voulu me parler au téléphone ?

Natacha eu un grand sourire lumineux.

— Je pars trois semaines en juillet, répondit-elle, faisant durer le suspense.

— Oui mais encore ? Où ? Avec qui ? Faut-il vraiment que je te tire les vers du nez question par question ?

— Figure-toi que je ne sais ni où, ni avec qui.

Natacha prit son temps pour répondre.

— Je vais participer à un jeu télévisé !

— Quoi ? Quel jeu ?

— Il y a quelques mois, j'ai reçu une publicité de TF1 m'indiquant qu'avec mon profil, jeune, célibataire, jolie, j'avais été sélectionnée en tant que candidate potentielle d'un nouveau jeu dont ils ne souhaitaient pas trop faire la publicité avant le tournage. Ils ont apparement extrait mon profil du site de rencontres sur lequel je m'étais inscrite l'année dernière.

— De ton vivier de coups d'un soir tu veux dire, ironisa Yann

— Oui si tu veux, s'amusa sa sœur. Bref, au début je croyais à un canular. Je me suis renseignée, c'est une boîte de prod connue qui fait l'émission. La diffusion est prévue pour la fin d'année. Bien sûr, je ne suis pas censée révéler les détails, mais pour mon frère adoré je prends le droit.

— Bien aimable à toi. Et si tu fais durer le suspence une minute de plus, je t'attrape et te balance toute habillée sous une douche froide. Alors tu vas finir par me dire ce que c'est oui ou merde ? demanda Yann en se rapprochant de sa sœur l'air menacant.

— L'émission s'appelle "La séductrice du Diable", reprit Natacha, nullement impressionnée. Le principe, c'est que sous prétexte d'un voyage organisé, la candidate séductrice, moi en l'occurence, se retrouve avec un couple qui se marie bientôt. En fait, c'est la future épouse qui contacte l'émission. Je suppose qu'ils ont envoyé des publicités ciblées comme pour moi au préalable. La femme s'inscrit parce qu'elle souhaite tester son mari, ou qu'elle a un doute, bref, pour vérifier que l'homme qu'elle va épouser est le bon.

— Non ! Très élégant.

— La télé ose tout, tu le sais ! La future mariée choisit parmi les candidates celle qui est le plus susceptible de plaire à son mari. Le but du jeu pour la séductrice c'est de pousser le mari à quitter sa femme pour elle, pas seulement coucher. J'ai deux mois pour cela à partir du début du voyage organisé.

— Quoi ? Mais quelle horreur ton jeu !

— Pas du tout ! Au contraire ! J'évite un divorce. Ou, si j'échouais, ce qui n'arrivera pas, la future épouse repart rassurée et plus amoureuse que jamais !

— C'est franchement glauque toutes ces émissions de real TV. Donc tout ça pour dire que tu te fais offrir trois semaines de vacances dans un endroit sûrement paradisiaque aux frais de la production ?

— Oui, ça va être génial ! ! ! Et franchement, j'adore le concept ! Non seulement ce défi est fait pour moi, et en plus, je repartirais avec 50 000€ si je tourne la tête au futur mari ! Tu te rends compte, tout cet argent juste pour faire ce que je fais le mieux, à savoir séduire !

— T'enflamme pas trop, entre mettre dans son lit à mec à moitié bourré ramassé le soir en boîte et faire sortir du droit chemin un homme amoureux qui va se marier, y'a une petit marge mademoiselle la séductrice. Là il faut que tu fasses naître des sentiments ma chérie, et désolé d'être brutal, mais tu n'as pas trop l'habitude de gérer ça ! Dès qu'un homme se montre trop attaché, tu le dégages !

— Alors déjà je ne ramasse pas de mecs bourrés, je te remercie, et ensuite, je n'aurais pas plus de difficultés avec les sentiments. Pour conquérir le cœur d'un homme, il suffit de satisfaire ce qu'il a de plus précieux, je ne te fais pas de dessin. Et dès qu'il a décidé de quitter sa femme, et que j'ai gagné, hop, je reprends ma chère liberté.

— Mon Dieu ma sœur est un monstre... Le pauvre type, tu te rends compte ?

— Un gars qui ne sait pas tenir une promesse ne mérite pas qu'on l'aime !

— Ma petite sœur, je suis si content d'être ton frère et de ne pas risquer d'être l'objet de ton désir. Ni de ton courrou.

— Moi aussi je t'aime mon frère, répondit Natacha en l'embrassant sur la joue.

Chapitre 5

Visites professionnelles

Cette petite semaine à Cassiopée s'était très bien passée.

Jade remplira son rôle à merveille. De quatre ans sa cadette, elle n'a pas eu la chance d'avoir reçu une bonne formation, Élia avait beaucoup à lui apprendre. Toutefois, la responsable de la serre de référence apprenait vite. Jade n'avait pas de goût pour le commandement et ne s'en cachait pas, ce qui aurait pu être un problème pour la dirigeante d'un Walipini. Elle avait naturellement adopté une autre solution que l'autocratie pour gérer son Walipini, avec une auto-organisation comme certains animaux sociaux. Trois fois par semaine, ils constatent ce qui est fait, discutent de ce qu'il faut faire et se repartissent les tâches par affinités et compétences.

Cette organisation égalitaire collait tout à fait avec l'esprit d'un Walipini.

C'est donc satisfaite qu'Élia quittait le premier Walipini, curieuse de découvrir les autres.

Les visites suivantes devaient être plus courtes. Il s'agissait simplement de découvrir les installations, de donner quelques conseils et de déterminer les types de cultures appropriés selon les caractéristiques du sous-sol. Les formations techniques et scientifiques auraient lieu à Cassiopée. En route pour le Corbeau, elle consulta les informations qu'elle avait. Ce Walipini était situé dans une ancienne mine et possédait deux salles. Son responsable était un ancien militaire, un peu touche à tout d'après son profil.

Lorsque Élia se posa, elle s'étonna que personne ne vienne l'accueillir. Le dirigeable avait-il été programmé correctement ? Peut-être n'était-elle pas au bon endroit ? Elle s'éloigna de quelques pas et trouva un panneau au nom du Corbeau, c'était plutôt rassurant. Elle le suivit et arriva à l'entrée des mines. Il n'y avait personne dehors. Après avoir poussé la lourde porte, elle se trouva directement devant l'ouverture du monte charge, protégée par une barrière. La plateforme devait être en bas, car elle ne voyait qu'un trou béant, ponctué de points lumineux à intervalles réguliers, laissant deviner la profondeur du puit. Alors qu'elle hésitait à pousser le bouton de rappel du monte-charge, elle vit les cables s'actionner et la ligne lumineuse s'éteindre progressivement par le bas. Le monte-charge remontait. Un homme fit surface, avec un énorme chariot rempli de gravats. Il la regarda avec surprise. Elle qui était modeste et ne souhaitait pas susciter d'égards particuliers était servie.

> — Bonjour, je suis Élia. Je souhaite voir le responsable du Corbeau, Caïn, où puis-je le trouver ? s'enquit-elle, s'attendant vraiment à ce qu'on lui réponde qu'elle n'était pas attendue ce jour.
> — Ah ! Bonjour ! Je ne vous serre pas la main, dit-il en présentant une main noire de poussière. Laissez moi deux minutes pour décharger, et je vous accompagne.

Lorsque le mineur revint avec son chariot vide, ils montèrent tous deux sur la plateforme.

> — Il y en a pour quelques minutes de descente, la mine est à 4km de profondeur. Caïn travaille dans la salle principale, il applanit le sol à la pioche car les machines ne passent pas dans les étroits conduits.

Élia était étonnée que le chef du Corbeau n'ait pas donné cette basse œuvre à quelqu'un d'autre pour s'occuper de tâches moins pénibles. Décidemment, les chefs des Walipinis n'aimaient pas l'organisation pyramidale, apprécia Élia. C'est avec un a priori favorable qu'elle entra dans la salle où son guide l'avait conduite. Elle devina que la cavité était d'une belle dimension, bien que l'éclairage n'y soit pas encore disposé. Seul un gros projecteur éclairait l'endroit où un homme travaillait. Le blanc lumineux de son corps se détachait dans les ténèbres de la grotte. Balançant les bras au dessus de la tête pour prendre de l'élan, il maniait une pioche énergiquement. L'homme ne l'avait pas entendu arriver et était de profil. Élia prit son temps pour l'observer. Brun, cheveux très courts, il était grand. Il était torse nu malgré la fraîcheur ambiante, réchauffé par l'effort. Son dos puissant luisait de sueur, une sueur noire de poussière de charbon. Élia ne put reprimer un sourire en s'approchant.

> — Caïn ?

La pioche au-dessus de la tête, les muscles bandés, il arrêta son mouvement et se retourna. Le reste de sa personne n'était pas decevant. Des yeux sombres abrités par une arcade sourcilière virile, une mâchoire carrée à peine masquée par une barbe taillée, ainsi qu'un nez élégant et une bouche assez sensuelle composaient son visage harmonieux.

> — Oui ? hésita-t-il. Oh ! Vous devez être Élia. Bon sang, j'ai complètement oublié que c'était aujourd'hui. On perd la notion du temps dans ces grottes. Je suis sincérement désolé de ne pas vous avoir accueillie correctement !

Caïn s'était vite repris et tendait une main noire de crasse à Élia qui hésita. Elle finit par saisir la main tendue du bout des doigts et constata ensuite ostensiblement que sa main n'était plus aussi blanche. Elle leva la tête vers Caïn avec un sourire taquin. Il fit la moue en comprenant qu'il avait été maladroit et se fit pardonner avec un grand sourire.

— Bon, il est dit que je vous ferai un mauvais accueil de A à Z. Désolé pour ça aussi. Venez, je vais vous faire visiter, je suis sûr que vous serez très intéressée par la salle d'eau où nous pourrons nous laver les mains.

— Je suis quand même ravie de faire votre connaissance, Caïn, répondit-elle en insistant sur le "quand même" et en faisant semblant d'être très gênée par sa main.

Caïn la regarda attentivement, un court instant indécis, puis il comprit qu'elle se moquait de lui. Il reprima un sourire.

— Combien de volontaires avez-vous ici ? demanda Élia chemin faisant.

— Nous sommes douze pour l'instant. Nous structurons et consolidons les deux salles et les galeries pour l'instant. Nous vivons tous sur place pour aller aussi vite que possible. Je pense qu'il nous faut encore trois semaines de travail à ce rythme avant de pouvoir commencer l'installation à proprement parler. Les autres travaillent actuellement dans la petite salle, et notre lieu commun. Moi j'avais plein d'énergie à dépenser et aujourd'hui j'ai commencé le travail ici.

— Je vois ! Toutes les matières premières, ainsi que les semences, sont stockées à Cassiopée pour le moment. Elles vous seront expédiées dès que vous serez prêt, sachant qu'il vous faudra y aller pour être formé aux méthodes de culture par Jade ou moi-même.

— Dans l'idéal l'ensemble des responsables recevra une formation commune j'imagine.

— Absolument. Vous pourrez vous faire accompagner de deux personnes qui vous aideront pour la mise en place des serres à proprement parler. Et je serais disponible à la demande pour répondre à des questions et venir vous aider. Aujourd'hui, je viens surtout évaluer quel type de culture sera le plus approprié dans chaque Walipini en fonction de la nature du sous-sol, de la taille des salles, de la température, etc. Vous avez déjà les informations sur l'amménagement des salles, mais nous pourrons en reparler si besoin. Je n'ai prévu de rester qu'un jour ou deux. Une fois le tour du propriétaire effectué, je ferais mes prélèvements sans vous embêter.

— Je n'aurais donc pas souvent le plaisir de votre visite ? Caïn souriait.

— Après le tour de tous les Walipinis, je m'installerais à Cassiopée. Nous aurons l'occasion de nous voir lors des réunions des responsables. Vous en ferez souvent la première année.

— J'en serai ravi. Dans l'intérêt du Corbeau bien sûr.

Pour faire visiter Élia, Caïn enfila un t-shirt sur son torse encore luisant. Il lui présenta son Walipini avec passion, il en profita pour lui demander de nombreux conseils. Élia, elle, était enchantée du travail déjà accompli, Caïn s'était vraiment bien débrouillé.

Si toutes les serres étaient aussi exemplaires que Cassiopée et le Corbeau, la Démocratie Européenne allait rapidement atteindre un niveau de production très satisfaisant.

Toujours au Corbeau, 11 juin 2115

L'effervescence des débuts avait cédé la place à un calme plein d'espoir. Les serres étaient complètement installées. À raison d'un mètre cinquante par strate, la grande salle comptait cinq niveaux et la petite trois. Le Corbeau pouvait espérer une belle récolte.

Tout étant pensé pour nécessiter le minimum d'intervention humaine, Caïn était désormais seul maître à bord pour quelques semaines. Ses ouvriers reprendraient le travail lorsqu'il faudrait installer les systèmes de récolte.

Caïn avait toujours des idées pour améliorer sa serre. Aujourd'hui il souhaitait travailler sur le système de récupération de la neige à l'extérieur. Après son tour quotidien, il se dirigea vers le monte-charge. En y parvenant, il fut très surpris de constater que le monte-charge n'était pas là.

Qui pouvait l'avoir appelé ? Il n'attendait personne. Il n'allait pas tarder à avoir sa réponse puisqu'il entendit le monte-charge amorcer sa descente.

En découvrant qui venait de la surface, il eut un sourire amusé.

> — Une visite surprise de Mme la responsable ?
>
> — Bonjour Caïn, répondit Élia joyeusement. Je passais plus ou moins par là alors j'ai décidé de faire une halte au Corbeau. J'espère que ça ne vous dérange pas…
>
> — Au contraire ! Je suis tout seul en ce moment, un peu de compagnie me fera le plus grand bien. Surtout la votre, ajouta-t-il avec un clin d'œil.

Caïn décida que ses bricolages pouvaient attendre, il rangea ses outils et retira son épaisse veste. Il proposa à Élia de faire un tour, bien que le Corbeau n'ait pas beaucoup changé depuis sa dernière visite. Elle lui précisa qu'elle venait simplement bavarder. Il était ravi de cette visite non protocolaire. Il appréciait beaucoup Élia. C'était passionnant de discuter avec elle, sur n'importe quel sujet. Elle était tout le contraire de hautaine, en plus elle ne manquait pas d'humour. Et elle était absolument ravissante ce qui ne gâchait rien.

Ils se dirigèrent vers la cuisine pour se prendre une infusion en bavardant gaiement. Élia avait proposé qu'ils se tutoient.

> — Alors, comment vont les autres Walipinis, Élia ?
>
> — La plupart des installations se déroulent correctement. Cependant, il y a quelque chose qui m'inquiète. Je ne voulais en parler à personne pour l'instant…
>
> — Ne te sens pas obligée de m'en parler dans ce cas, la rassure Caïn.

Élia scrute Caïn, semblant peser le pour et le contre. Finalement, elle se lance.

> — As-tu remarqué des évènements suspects autour du Corbeau ? Peut-être des rodeurs, ou peut-être des choses plus insidieuses comme des dysfonctionnements inexpliqués ?
>
> — Des rodeurs seraient très difficiles à remarquer comme

nous passons le plus clair de notre temps sous terre. Et je n'ai pas installé de système de surveillance extérieur. Pas de panne non plus. Toute l'installation est complètement indépendante du réseau, rien ne peut être commandé de l'extérieur. Je suis très vigilant là-dessus.

Caïn se penche au dessus de la table pour se rapprocher d'Élia assise en face de lui.

— Que se passe-t-il Élia ?

— Je ne sais pas encore. Quatre serres m'ont rapportées des évènements bizarres. Le premier ou le deuxième j'ai supposé des erreurs humaines des ouvriers. Mais quatre, dans des zones géographiques éloignées, sur une période d'à peine dix jours, je suis obligée de penser à des sabotages.

Caïn s'adossa à nouveau sur sa chaise, il regardait Élia en réfléchissant. Le TGR avait été signé dans la douleur. Les européens en avaient besoin, bien sûr. Malgré tout, bon nombre de personnes estimaient que les États du Nord allaient beaucoup trop loin. À commencer par les militaires. Caïn, ancien militaire, connaissait bien leur état d'esprit suite à la démilitarisation. Une partie de ses anciens camarades avaient décidé de continuer à œuvrer pour leur pays en travaillant à la reconstruction, dont le principal objectif est de développer le réseau souterrain. D'autres avaient simplement choisi la colère et l'agressivité. Caïn avait, à de nombreuses occasions, discuté avec eux pour essayer de les faire changer d'avis, de les motiver pour faire quelque chose d'utile. Autant demander à un poisson de gravir une montagne. Pourtant, il était censé être très proche de l'un de ces révoltés. Proche par les liens fraternels. Caïn et Souli étaient frères mais leurs différences s'étaient affirmées très jeunes. Caïn, plus ouvert, faisait des efforts pour entretenir leur relation malgré leurs divergences.

En tout cas, Souli s'était montré assez vindicatif lors de leur dernières conversations. Caïn ne savait toutefois pas jusqu'où son frère serait prêt à aller pour défendre ses idées.

— Qu'en penses-tu Caïn ? Est-il possible que des Européens

s'opposent aux Walipinis ?

— Tout ce que je peux te dire, c'est que le TGR est loin d'avoir apaisé les tensions entre la Démocratie Européenne et les États du Nord. Je ne sais pas de quoi mes compatriotes seraient capables pour lutter contre ce qui considèrent comme l'invasion des Nordistes. Je peux essayer de me renseigner mais je suis officiellement passé dans le camp ennemi en prenant la direction d'un Walipini. En revanche, je peux t'aider à renforcer la sécurité.

— Je préfèrerais nettement que les gens soient convaincus du bien fondé de notre mission plutôt que d'utiliser la force. Je ne prendrais pas de telles mesures pour l'instant. Par contre, je vais entreprendre de communiquer à la population européenne. Je saurais les convaincre que nos intentions sont nobles.

L'idée était louable. Malheureusement, Caïn ne pensait pas que cela suffirait. Il réfléchissait à mettre en place des moyens de protection discrets pour le Corbeau.

Encore au Corbeau, 12 juillet 2115

Caïn était fier. Son Walipini avait belle allure, ses deux caves de culture étaient opérationnelles. Il lui manquait encore quelques caisses de matériaux et de plants, qui devaient arriver dans les semaines à venir.

Caïn était en train d'assembler les tuyaux d'irrigation, conduisant la glace de l'extérieur fondue dans les caves. Alors qu'il était seul, il sentit une présence et se retourna. Son cœur bondit dans sa poitrine.

— Élia !

— Salut Corbeau ! Tout est prêt à ce que je vois, ça fait plaisir.

— En effet. En même temps ça n'a pas beaucoup changé depuis la dernière fois, étant donné la régularité de tes visites… taquina Caïn. Tu es sûre que tu supervises d'autres Walipinis ?

— Tu en as marre de me voir ? sourit-elle.

Caïn la regardait intensément. Ah non, il n'en avait pas marre. Il ne se lassait jamais de sa présence, et il avait de plus en plus de mal à la laisser partir. Elle lui rendait son regard avec une lueur de provocation dans l'attitude.

La dernière fois qu'ils s'étaient vus, la semaine dernière, elle s'était arrangée pour rester seule avec lui dans une des caves, alors qu'elle n'avait rien à y faire. Elle lui tournait clairement autour, mais Caïn trouvait très amusant de faire le niais. Ce soir-là, voyant que Caïn refusait de lui prêter attention, elle avait fini par sortir, passablement énervée.

Caïn reposa son tuyau et ses outils et se dirigea lentement vers Élia, ne la quittant pas des yeux. Le sourire de sa belle bouche pulpeuse, toujours parfaitement maquillée de rouge, éclaira son visage. Il s'arrêta très proche, sentant le souffle chaud de la femme sexy qui le dévorait du regard. Ils ne parlaient ni l'un ni l'autre et restèrent quelques secondes ainsi, sans se toucher.

Ces secondes délicieuses leur parurent des heures.

Puis Caïn n'y tint plus, il glissa une main dans le dos d'Élia pour la plaquer contre lui. Elle leva la tête vers lui, les yeux déjà fermés, offerte. Il lui prit la bouche tandis qu'elle s'accrochait à lui, passant ses mains sur son dos superbement musclé. Leurs langues se mêlèrent en un baiser passionné, depuis longtemps désiré. Leurs bouches se séparèrent un court instant, le temps pour chacun de constater le désir qui brulait dans les yeux de l'autre. Caïn saisit Élia par les fesses, elle s'accrocha à lui en croisant les jambes dans son dos. Il la porta jusqu'à une table encombrée, qu'il balaya fébrilement de la main pour y asseoir sa belle blonde. Il continua de lui dévorer la bouche, puis le cou, tout en la déshabillant. Elle n'était pas en reste et lui avait déjà arraché sa chemise, ravie de caresser le torse poilu du Corbeau. Ses mains étaient douces et brulantes à la fois. Elle allait s'attaquer à son pantalon, lorsque Caïn lui releva la jupe sur la taille et faufila une main dans sa culotte. C'était trop pour elle, elle ne contrôlait plus rien, elle était bien incapable de défaire une braguette. Il la fit glisser au bord de la table et s'agenouilla devant elle. Il leva les yeux pour s'assurer de l'effet que cela lui faisait, sans surprise : les joues rouges, le souffle court, elle le regardait avec une sorte de supplication dans le regard. Il sourit d'un coin de bouche et lui retira sa culotte.

Il prit son temps, autant que son désir lui permettait en tout cas, et il entreprit de s'occuper de son clitoris avec sa langue experte. Elle gémit. Il continua, ajustant son rythme aux halètements de sa victime. Quand il sentit que c'était le moment, il se releva, l'embrassa et la pénétra avec ses doigts. Elle gémit très fort, et se dégagea maladroitement. Surprit, il sentit qu'elle l'empoignait par le pantalon. Elle l'embrassa passionnément, presque à lui faire mal, mais cette urgence c'était si bon ! Si excitant !

> — Prends moi ! J'ai envie de toi Caïn, j'ai tellement envie de toi !

Le pantalon sur les chevilles, le sexe tendu par une belle érection, il était plus que prêt. Il la saisit par les cheveux, sans lui faire mal, pour pouvoir capturer son regard. Les pupilles d'Élia étaient dilatées par le désir.

Les yeux dans les yeux, il la pénétra enfin. Elle fronça les sourcils, et soutint son regard en gémissant. Elle était très mouillée. C'était si bon d'aller et venir en elle. Il donnait de solides coups de reins, il savait qu'elle avait envie de cette bestialité autant que lui. Elle ne tarda pas à hurler de plaisir. Stimulé encore davantage par les contractions du vagin de sa partenaire, Caïn, trempé de sueur, l'accompagna dans l'orgasme.

Chapitre 6

Garde rapprochée

Au ministère des ressources, 10 avril 2116

D'après les promesses des scientifiques des États du Nord, il faudrait trois ans après la mise en place des laboratoires Walipinis pour que la Démocratie Européenne couvre l'ensemble de ses besoins.

Bien que les cultures Nordiques actuelles permettent trois récoltes par an, il était attendu que le rendement soit inférieur en Europe lors de la première année. Les serres ne pouvaient être opérationnelles dès le début de l'année. Il fallait aussi du temps pour que les semences soient adaptées à leur nouvel environnement, grâce à des modifications génétiques des végétaux.

En conséquence, la première récolte était prévue pour le début de l'année 2116.

Cette récolte de l'ensemble des serres implantées en Europe devait nourrir au moins 50% de la population.

À l'heure des comptes, on en était loin, à peine 30%.

Ceci faisait le jeu des opposants des États du Nord. Ils arguaient que les Nordistes s'étaient arrangés pour garder le monopole et que le Traité n'était qu'une mascarade ayant pour unique but l'affaiblissement militaire et alimentaire de l'Europe. Les scientifiques des Walipinis se défendaient en indiquant que l'accueil et les conditions de travail étaient très mauvais. Ils expliquaient être victimes d'agressions et de sabotages de la part de militants anti-OGM et de groupes opposés à la démilitarisation, ou d'autres encore convaincus que les États du Nord souhaitaient uniquement conquérir l'Europe.

La population Européenne constatait qu'elle avait encore faim sans savoir les difficultés auxquelles les Walipinis étaient confrontés. Il était hors de question pour la Démocratie Européenne de reconnaître de quelconques actes de malveillance, ou une incapacité à assurer la sécurité des serres.

La grogne montait et cela inquiétait le ministre des ressources. D'une part les scientifiques Nordistes se plaignaient que l'Europe ne respectait pas le traité en ne prodiguant pas de bonnes conditions de travail, et d'autre part la population se plaignait des promesses du traité non tenues.

Kalor était surtout inquiet pour sa personne évidemment, raison pour laquelle il avait demandé un service de sécurité renforcé. En tant que garant du Traité de Gestion des Ressources, il pouvait être tenu responsable de la famine par les Européens, et accusé de ne pas favoriser l'application du Traité par les États du Nord.

Il réfléchissait à la stratégie à utiliser pour apaiser tout le monde, mais en premier lieu il souhaitait être protégé.

Un jeune homme lui avait été recommandé pour prendre la direction de son service de sécurité et devenir son garde du corps à plein temps. Kalor détailla l'homme qui s'approchait de lui d'un pas décidé.

Il était assez grand, très musclé, l'air sûr de lui. Son visage semblait taillé à la serpe, avec un nez cassé qui lui donnait encore plus de caractère. Cet homme de 28 ans dégageait une animalité qui lui donnait beaucoup de charisme. Il était hautement recommandé par l'école militaire. Son ancien instructeur le disait fiable, efficace et terriblement dangereux en combat, armé ou à mains nues. L'école militaire ayant été fermée dans les mois suivants la signature du traité, nombreux étaient alors les militaires se convertissant aux métiers de la sécurité.

Kalor fut immédiatement séduit par le personnage, il le sentit déterminé.

En effet, Souli était arrivé là grâce à une volonté sans faille. Ce poste lui permettait de mettre un pied dans la vie politique, auprès de quelqu'un d'important, qui avait le potentiel d'aller plus loin encore. Souli comptait bien gravir les échelons dans son sillage.

Issu d'une famille modeste, Souli refusait la fatalité de l'origine, et entendait bien ne pas finir comme ses parents. Peu inspiré par l'école, il avait suivi son frère ainé, Caïn, à l'école militaire. Le sport et le dépassement de soi lui allaient très bien. Il était devenu très doué en arts martiaux, en particulier le Taekwondo. Ses qualités physiques et sa persévérance lui avaient permis de se faire remarquer : à l'issue d'un concours, il s'était vu proposer le poste de garde du corps auprès du nouveau ministre des ressources.

Pour en arriver là, Souli avait dû faire des sacrifices. Notamment sa petite amie, Amale. Elle en avait eu marre de passer après sa carrière, systématiquement. Souli n'avait jamais pensé qu'elle puisse le quitter. Il avait été plus vexé que triste. Il l'avait aimé. Il avait aimé son côté garçon manqué, son fort tempérament. Elle n'était pas une princesse, elle n'aimait pas les fleurs ni le maquillage. Et pourtant Souli l'avait trouvé belle, avec son charme naturel. Comment avait-elle pu oser le quitter ? Lorsqu'il pensait à elle, c'était avec rancune et colère désormais. Il était très fâché contre elle, et contre les autres femmes.

Maintenant que plus personne ne l'attendait, il pouvait se consacrer entièremement à sa carrière.

Aujourd'hui il mettait officiellement un pied dans le gouvernement, même s'il avait déjà commencé à agir.

Suite à la fermeture de l'école militaire, de nombreux ex-militaires avaient pris position contre le traité.

Souli était de ceux-là, et s'était rapidement imposé comme chef. Dans l'ombre, ces hommes désœuvrés agirent contre les Walipinis. Quelques fois, ils s'en prenaient également aux convois alimentaires expédiés par les États du Nord. Aidé de son frère Limor, Souli commença également à canaliser et coordonner les actions dispersées des civils luttant contre l'hégémonie des États du Nord.

À Cassioppée, 12 avril 2116

Jade avait souhaité voir Élia de toute urgence, refusant de lui expliquer quoi que ce soit par téléphone. Élia arrivait moins de deux jours après l'appel de Cassioppée.

En descendant à l'intérieur du Walipini, elle sentit une humidité inhabituelle. Elle se dirigeait vers la cave principale lorsque Jade l'attrapa dans le couloir. En l'étreignant rapidemment, Élia vit que Jade était sale, échevellée et visiblement épuisée.

— Mon Dieu, ma belle, que se passe-t-il ?
— Élia, je suis si contente que tu aies fait vite. Viens dans mon bureau je vais t'expliquer.

Élia avait peur de comprendre, Jade lui confirma rapidemment. Un nouveau sabatoge avait eu lieu, plus conséquent que les précédents. Le système d'irrigation avait été déréglé. Le disposif de fonte de la glace avait été mis à fond, conduisant rapidement à un surplus d'eau dans les réserves.

Les tuyaux d'irrigation, sous pression, avaient cédé. Toutes les salles de culture avaient été innondées. La salle de culture principale, la plus profonde, comptait plus de deux mètres d'eau en quelques heures.

Jade et son équipe avaient mis du temps à trouver l'origine du problème et ils terminaient seulement maintenant d'écoper. De nombreux feuillets de culture avaient été irrémédiablement endommagés par l'eau.

> — Il n'y a plus de doute, repris Jade, des gens organisés veulent détruire les Walipinis. La semaine dernière l'incendie a été évité *in extremis* à Petite Ourse, la semaine d'avant c'était les vols à Capricorne… La mise en place des rondes de surveillance ne suffit pas. Il y a sans doute des nuisibles au sein même des Walipinis. Nous devons passer à la vitesse supérieure pour nous protéger, Élia.
>
> — Ça fait déjà un moment que je suis convaincue qu'il ne s'agit pas d'accidents et que je réfléchis à une solution.

Ainsi, Élia entreprit d'expliquer à Jade ce qu'elle avait décidé, en comprenant que la prévention et la défense ne suffisaient pas. Le sabotage de Cassioppée n'avait fait qu'avancer cette discussion qu'Élia avait prévu d'avoir avec Jade. Elle savait que Jade bouillait et qu'elle ne demandait qu'à agir. Depuis quelques semaines, Élia avait réfléchi aux actions possibles et contacté des gens de confiance.

Avec l'aide de Jade, elle allait passer à la contre-attaque pour protéger les Walipinis.

Démocratie Européenne, 4 juin 2118

Depuis la première récolte en 2116, bien inférieure à l'attendu, le TGR recevait toujours moins de soutien de la part de la population de la Démocratie Européenne.

En communicant judicieusement, Souli avait su diriger cette colère de la population non pas contre le ministre des ressources mais contre le reste du gouvernement, ceux qui avaient signé le traité. Tandis que le gouvernement continuait de soutenir le TGR, Kalor montrait petit à petit qu'il s'en désolidarisait. Il avait ainsi une bonne partie du peuple dans la poche.

Parallèlement, encore secrètement, Souli œuvrait pour le réarmement. Il avait constitué un groupe d'hommes d'action, financés à l'insu du gouvernement en place. Ces mercenaires, d'anciens militaires ou des militants très actif choisis parmi la population, menaient des actions musclées principalement pour voler les ressources. Ils se nommaient la RRAS[1].

Entre l'hostilité de la population, et le mécontentement des États du Nord, le président actuel n'avait d'autre choix que de laisser la main.

Le 4 juin 2118, Kalor se retrouva à la tête de la Démocratie Européenne.

---

1. groupe d'action pour la Restitution des Ressources et l'Armement Secret

Chapitre 7

Poste avancé

Quelque part à la frontière des États du Nord, 27 février 2129

Erwan était fils de résistant, il était connu de l'organisation depuis quelques années.

Son père, Nicu, était une figure très importante de la résistance. En tant que militaire, il avait fait les frais de la démilitarisation de l'Europe en 2115. Il avait alors 25 ans. Désœuvré, il aurait pu faire le choix, comme beaucoup d'hommes d'arme, de la rébellion. Il connaissait notamment le régiment de Souli, et on l'avait invité à rejoindre la RRAS. Convaincu de l'intérêt du TGR, Nicu pensait les envoyer balader... avant de comprendre l'opportunité en or que cela représentait : infiltrer ceux qui allaient devenir les ennemis. Lorsque la résistance avait commencé à s'organiser, vers 2118, il avait apporté une aide inestimable, particulièrement à Stasya en ZFL[1].

---

1. Zone Frontalière Libre

Un jour de mai 2124, il avait fini par se faire surprendre par un de ses partenaires de la RRAS, Sergei. Ce dernier avait vu Nicu en train de cacher un message à l'intention de Max, son correspondant de la résistance. Sergei était resté caché, et avait récupéré le message sitôt son coéquipier parti. Ce message était édifiant. Il donnait tous les détails de leur prochain raid.

Lorsque Nicu rejoignit le groupe quelque temps après, il fut accueilli par un silence de plomb. Il comprit qu'il y avait un problème, et que c'était à son sujet. Il abandonna l'idée de se défendre lorsqu'il reconnu son message dans la main de Sergei.

Sergei le toisa. Nicu ne bougea pas pendant que l'homme qui l'avait démasqué le mis en joue. Les deux hommes se fixaient. Nicu tressaillit en recevant la balle en pleine tête, entre les deux yeux, puis il s'écroula presque lentement, le regard vide.

Ces hommes d'action étaient trop fiers pour avoir envisagé retourner la situation à leur avantage, ou essayer de soutirer des informations de Nicu. Il y avait un traître parmi eux, il fallait l'éliminer, fin de l'histoire.

C'est la résistance qui avait recueilli le fils de Nicu, grâce à Max. A cause de son jeune age, l'orphelin avait dû attendre quelques années avant qu'Abel accepte qu'il prenne part aux actions. Devant son insistance, le chef de la résistance avait fini par lui confier de petites missions. Il ne pouvait faire la sourde oreille éternellement à ce jeune homme volontaire qui brûlait de se venger. Erwan s'était alors révélé un excellent stratège et un très bon combattant. En 2126, à seulement 19 ans, il n'était plus simplement le "malheureux fils de Nicu". Il était désormais un redoutable résistant.

Bien qu'Erwan organise beaucoup de missions, pour le protéger, Abel avait continué à refuser qu'il aille sur le terrain lorsque les risques ne semblaient pas parfaitement maîtrisés.

Ces derniers temps, avec la réduction des effectifs et malgré les risques accrus, Abel était bien obligé de le laisser y aller plus souvent.

Comme à leur habitude, Abel et Erwan se retrouvèrent dans un bar souterrain à une heure animée. C'était le principal moyen de communication des résistants : surtout pas par les réseaux électroniques, que ce soit web ou téléphone, encore moins par écrit. En face à face dans des endroits publics, l'information était délivrée à la bonne personne, sans interception ni malentendu possible. Les cachettes préférées d'Abel étaient celles se trouvant aux yeux de tous.

L'ambiance était plutôt virile ce soir là, il y avait peu de femmes. Un groupe d'une quinzaine de garçons devait fêter quelque chose. Ils braillaient et s'agitaient beaucoup, clairement sous l'influence de l'alcool. Quelques groupes plus calmes se tenaient à distance. Les deux résistants contournèrent les excités, et Erwan évita de justesse un blond débraillé qui semblait vouloir vomir. Ils se trouvèrent une table à proximité de deux hommes sobres qui discutaient calmement. L'un des hommes, plutôt imposant, se leva pour les laisser passer.

Ils avaient pris au comptoir un pâle équivalent de bière. Dans les conditions actuelles, la culture du houblon n'est plus une priorité et la vraie bière est très difficile à trouver. Comme le vin.

> — J'espère qu'Avan va nous ramener une petite bouteille du passé, commença Erwan. Je n'ai jamais eu la chance de goûter du vrai alcool, moi. Je suis sûr que lui ne va pas se priver pour savourer un vrai verre d'alcool pendant ses vacances.

Erwan prit une gorgée de bière et, ménageant ses effets, se pencha vers Abel.

> — Bon, j'ai des informations sur la ZFL. Dans trois jours, la RRAS va à nouveau tenter d'installer un poste avancé en ZFL. Je sais à quel endroit nous pouvons les intercepter sans envoyer trop d'hommes.
> — Quels sont les risques ? Combien de mercenaires ?
> — C'est risqué, Abel. De toute façon, c'est de plus en plus risqué. Ces derniers temps, je constate d'une part que

nous avons de plus en plus de mal à obtenir des renseignements intéressants et d'autre part que les espions de Souli gagnent en efficacité malgré toutes nos précautions. C'est une raison supplémentaire pour maintenir la pression, lui montrer qu'on ne se laisse pas impressionner. Il faut continuer de ralentir son avancée dans les territoires du Nord.

— Écoute Erwan, nous savons, et c'est confirmé par les algorithmes de prédiction, que seule l'opération de la dernière chance peut encore changer quelque chose. Le terrain est devenu très difficile, avec des risques mal maîtrisés, et des victoires minimes.

La tension d'Abel était palpable.

— Oui, et Souli aussi le sait, il ne nous attend plus ! C'est là notre carte à jouer. En plus, cela préserve les chances de ton plan en faisant diversion : Souli se douterait que l'on prépare autre chose si nous arrêtons tout. Je partirais demain avec Max, lui et moi formons la meilleure équipe. Nous devrons tendre au RRAS une embuscade après demain, au petit matin. D'après mes sources, ils seront une petite dizaine seulement.

Abel failli bondir de son tabouret.

— Deux contre dix ? Abel éleva la voix. Il se tourna machinalement vers leurs proches voisins pour vérifier qu'il n'avait pas attiré leur attention. Il n'y avait plus qu'un homme, qui avait l'air complètement absorbé par ses mains ou quelque chose dans ses mains, et qui ne s'occupait pas d'eux.

— Je refuse que tu y ailles, Erwan, reprit Abel. La stratégie et l'effet de surprise ne font pas tout. Vous êtes très bons toi et Max, mais contre des anciens militaires sans merci... En prétendant protéger l'opération de la dernière chance, tu pourrais au contraire tout faire capoter si vous échouez. Tant pis pour le poste avancé, je refuse que vous preniez des risques inconsidérés.

Erwan regarda Abel dans les yeux. Bien que apprécié de la plupart, le chef de la résistance restait distant et froid. Abel l'avait vu devenir un homme au sein des résistants, sa famille, mais il n'était pas son père. À ses yeux, Erwan savait bien qu'il était resté un enfant qu'il fallait tenir à l'écart. Malgré ses brillants succès, Abel ne lui faisait pas confiance. Erwan savait très bien calculer les risques, ils étaient loin d'être "inconsidérés". L'occasion était trop belle et sa stratégie parfaite. Abel ne jurait que par son plan. On ne pouvait pourtant pas rester à rien faire sous prétexte qu'un ordinateur estimait que les dés étaient jetés.

Erwan dissimula ses pensées sous un masque de docilité et acquiesça.

Bureau de Souli, 29 février 2129

Tout cela relevait d'un fameux coup de chance.

Qu'un sympatisant ait été au bon endroit au bon moment.

Que celui-ci, délaissé un moment par son camarade parti chercher des boissons, ait tendu l'oreille aux deux hommes d'à côté par curiosité.

Qu'il ait été intrigué que ses voisins prennent la peine de parler à voix basse dans un bar aussi bruyant.

Que justement, ingénieur du son, il avait un amplificateur sur lui et que cela l'amusait de s'en servir.

Et surtout, lorsqu'il était venu rapporter cela à la police, qu'on l'ait pris au sérieux et que l'information soit remontée suffisamment vite.

L'informateur avait précisé que la mission semblait annulée, mais Limor ne pouvait pas ne pas jouer sa chance. Grand bien lui en avait pris.

Ils se cassaient les dents depuis si longtemps sur la recherche d'informations sur les résistants qu'un petit coup de pouce du destin était le bienvenu. En tout cas, Limor a mis toutes les chances de son côté, il a changé les plans de mission et doublé l'effectif.

L'arroseur arrosé, ça l'avait beaucoup amusé.

— J'ai une excellente nouvelle! s'exclame Limor en entrant dans le bureau de son frère, contenant difficilement sa fierté.
— Il n'y a que des informations sur le très recherché Abel qui m'intéressent.
— C'est bien de lui qu'il s'agit! Ce n'est plus qu'une question de temps pour savoir enfin où il se terre. Nous ne tenons pas encore le chef des résistants, mais nous avons un des siens, Souli! J'en tiens un, vivant! Il va parler, je te le garantis.

Limor était au comble de l'excitation.

— Il ne s'est pas suicidé celui-là?
— En fait si. Enfin, il a essayé. Il a avalé sa capsule, mais comme j'avais prévu le coup, nous lui avons fait un lavage d'estomac aussitôt. Il est sauvé. Le doc l'a mis dans le coma pour l'instant, et nous le réveillera dès qu'il n'y aura plus de risque. Une affaire de quelques jours au maximum.

Souli se laissa aller en arrière contre le dossier de son fauteuil, un sourire dessiné sur ses lèvres. Ce n'était pas la première victoire sur la résistance, loin s'en faut, ils arrivaient d'ailleurs de mieux en mieux à les contrer ou les éviter, mais en terme d'informations potentielles c'était un pas énorme. Jusque-là les résistants avaient toujours réussi à se suicider lorsqu'ils étaient sur le point de se faire arrêter. Les actions musclées affaiblissaient de plus en plus l'organisation, mais tant qu'il n'aurait pas arraché la tête de ce ramassi d'indisciplinés, Souli ne serait jamais tranquille. Jusque-là il n'avait jamais eu le moyen d'obtenir la moindre information utile.

Les résistants formaient un groupe vraisemblablement peu nombreux, avec une organisation plutôt diffuse. Les espions de Limor étaient bien incapables de situer le cœur de l'organisation, probablement quelque part en ZFL.

Limor avait pourtant des moyens techniques d'espionnage très pointus, mais aucune information utile n'avait pu être récupérée de cette façon. À se demander si la résistance avait un ordinateur raccordé au réseau. La seule chose qui avait fonctionnée était de se rendre aux formations dispensées par les Walipinis au grand public sur l'alimentation éco-responsable. Ces événements avaient été initiés par Élia pour apprendre à la population à cultiver chez eux de petits potagers selon des méthodes Nordiques. Cela attirait les affamés et inévitablement les opposants au régime qui ne parvenait pas à les nourrir. À force, les hommes de Souli avaient pu identifier quelques suspects potentiellement résistants et les surveiller de près.

Les résistants s'essouflaient, ils commençaient à baisser la garde, à prendre des risques.
Tant mieux.

Cependant, Abel était excessivement prudent. Souli ne savait même pas à quoi il ressemblait : ses espions n'avaient jamais eu le moindre enregistrement ou témoignage concernant le physique d'Abel, ni qui il était.

— Nous savons que le chef de ces misérables ne sort jamais de sa cachette, l'homme que nous tenons n'est certainement pas Abel. Mais nous pouvons espérer soutirer de ce rebelle de précieux renseignements. Bien joué Limor. As-tu réussi à déterminer le rôle de ce type ? Est-il suffisamment important pour savoir des choses utiles ?

— Je ne sais pas encore. Nous lui ferons cracher tout ce qu'il sait ne t'inquiète pas.

— Ne sous-estime pas la détermination d'un homme convaincu qu'il agit pour une bonne cause. Et préviens-moi dès qu'il est réveillé, je veux le voir. Si nous n'arrivons pas à le faire parler, je me ferais au moins le plaisir de lui expliquer mon point de vue.

Limor aquiesca et sortit, pressé de voir comment la santé du prisonnier évoluait.

Souli était pensif. Il était soulagé d'avoir enfin découvert une faille dans la forteresse de la résistance. Même si leurs actions ne lui nuisaient plus tant que cela, les résistants agaçaient sérieusement Souli. Que l'homme à la tête de la Démocratie Européenne ne parvienne pas à se défaire d'une poignée de traîtres finissait par le discréditer.

Le jour où il aurait Abel...
Abel, cette épine dans le pied, concentrait toute sa haine. Quand il sera débarrassé du chef de ce groupe d'insurgés, Souli sera libre. Il pourra se consacrer entièrement à l'asservissement du peuple du Nord.

Chapitre 8

Touchante proposition

Villa de Kalor, 21 juillet 2119

Depuis que Kalor a pris le pouvoir, la situation ne s'est évidemment pas arrangée entre les États du Nord et la Démocratie Européenne. Les premiers constatent que les seconds ne remplissent pas leur part du contrat. En conséquence, les États du Nord ont considérablement réduit l'aide apportée, de moins en moins de convois alimentaires sont envoyés dans le reste de l'Europe. À cause des nombreux sabotages, que Kalor fait mine d'ignorer, près de la moitié des Walipinis ne sont plus tenus.

Seule une petite zone a réussi à développer avec succès ses Walipinis. Ses habitants se désolidarisent du comportement du reste de l'Europe à l'encontre du Nord et s'efforcent de protéger ces derniers. Pour bien marquer leur désapprobation, les communautés de cette région, complètement au nord de l'Europe, limitrophes des États du Nord, se sont auto-proclamés ZFL. Ils n'ont de "Libre" que leur nom, la Démocratie

Européenne ne leur accordant aucune légitimité. Les premiers actes de résistance contre les décisions du gouvernement naissent en ZFL.

Son cœur s'accélère quand elle sort de la maison.

Cette trop grande maison, impossible à chauffer, Mya ne s'y sent pas bien, bien qu'elle y habite depuis 4 ans. Son père, Kalor, n'a jamais voulu se réfugier dans les souterrains en 2104 comme le reste de la population. Sans doute associait-il son souhait d'une position politique élevée à sa situation géographique...
Ainsi, à l'instart de quelques-uns, attachés à leur bien, refusant d'accepter le changement, il continuait d'habiter une maison "extérieure", intégralement prise dans la glace. La majorité des gens avait fui le froid, gagnant les réseaux de métros, les égouts, les parkings sous-terrain, et essayait ensuite de rendre aussi confortable que possible ces trous à rats.
Kalor avait fait amménager un tunnel souterrain pour relier le sous-sol de sa maison à Sepelio, la ville souterraine devenue la capitale de la Démocratie Européenne.

Lorsqu'il était devenu président de la Démocratie Européenne, il avait utilisé les risques liés à sa fonction pour interdire à Mya d'habiter seule. Les pressions qu'il subissait, les nombreuses menaces des partisans des États du Nord, étaient autant d'arguments que Kalor utilisait pour faire surveiller sa fille unique Mya constamment. Peu de sorties lui étaient permises.

Mais avec celui qui vient la chercher, c'est différent.

Il est là, en bas des marches, et semble n'avoir d'yeux que pour elle.

Lorsqu'elle l'avait vu pour la première fois, lors d'une réunion politique il y a trois ans, il ne lui avait pas plu. Ils ne s'étaient pas parlé, juste un vague échange de regards, mais elle se souvient parfaitement s'être sentie transpercée par les yeux sombres du garde du corps de son père. Ils ne s'étaient revu qu'un an et demi après, à l'occasion d'un dîner chez eux. Son père avait alors fait les présentations entre sa fille unique et le chef de son service de protection, Souli.

Dans les faits, Souli était en train de devenir bien plus que responsable de la sécurité de Kalor. Il prenait petit à petit le rôle de bras droit.

Mya reconnut immédiatement l'homme ténébreux aperçu un an et demi plus tôt, et le désagréable sentiment de crainte était toujours là. Pourtant il se montra charmant et attentionné au cours de ce dîner. En essayant d'être objective, cet homme avait pourtant beaucoup pour plaire : il était grand (bien plus qu'elle avec ses 1m63), très musclé, il n'avait pas les traits particulièrement fins mais dégageait beaucoup de charisme. Et son regard...

Elle se sentait complètement nue sous son regard.

Son père semblait prendre plaisir à mettre Mya et Souli en présence, bien qu'il rappelait que la présence quasi-permanante de Souli n'était dûe qu'à ses fonctions.

Il fallut plusieurs mois à Mya pour se départir de la grande crainte que Souli lui inspirait. Plusieurs mois au cours desquels Souli la courtisa assiduement, en parfait gentleman. Son père, lui, ne manquait pas une occasion d'appuyer la candidature de Souli au poste de gendre idéal.

Mya finit par tomber amoureuse. Depuis quelques semaines, elle ne pouvait plus se passer de lui. Elle lui demandait conseil pour tout, elle se reposait de plus en plus sur lui.

Ce soir, il l'invitait à dîner dans le plus beau restaurant de la ville, au sommet d'une des rares tours encore habitée. Les hauteurs seules permettaient de se dégager un tant soit peu de la noirceur de la ville. Bien sûr, il était hors de question de manger en terrasse. Une grande verrière isolée protègeait du grand froid. La vue était imprenable. Des étendues de glace oscillant entre le noir et le gris, percées çà et là par les derniers étages des plus grands buildings. Au loin, on pouvait imaginer du blanc, marquant l'emplacement de ce qui avait dû être une verte campagne plus préservée.

Peut-être que ce soir... Elle n'osait l'espèrer.

Au moment du dessert, un violoniste arriva et leur joua une musique douce. Le cœur de Mya accélèra. Elle se tint prête.

Il se mit à genoux devant elle, et il leva vers Mya ses yeux si expressifs. Sans un mot, il lui tendit une bague magnifique. Elle ne lui laissa pas le temps de formuler sa demande : elle se jeta à son cou en lui soufflant mille "oui" à l'oreille. Il se releva pour l'enlacer et l'embrasser passionnément.

Elle était la plus heureuse des femmes.

Chapitre 9

Le plus beau jour de sa vie

Villa de Kalor, 17 septembre 2119

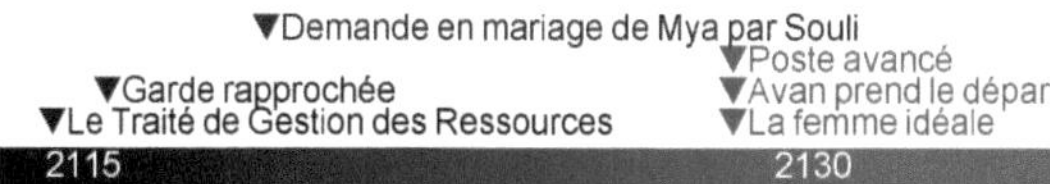

Il aurait été mal à propos de refuser l'invitation, l'évènement promettant de réunir tous les représentants du pouvoir.

À certaines tables, le mariage avait des allures de meeting politique, mais, malgré les différents partis en présence, il n'y a pas eu de graves altercations à déplorer. Il faut dire que Souli avait convié très peu d'amis et que sa famille était assez réduite. Réduite à ses deux frères, Limor et Caïn. Limor était un gentil garçon, toujours dans le sillage de Souli. Caïn était marié à une femme séduisante de deux ans sa cadette. Mya les connaissait peu, et profitait d'un court moment de tranquilité pour les observer. Ils semblaient en parfaite symbiose tous les deux, physiquement et intellectuellement. Agé d'un an de plus, Caïn était à peine plus petit que Souli. Il avait conservé de l'école militaire qu'ils avaient fait ensemble les cheveux courts, ainsi qu'un corps bien musclé. Il avait des yeux presque noirs. Plus gai que Souli, Caïn avait aussi beaucoup de présence, comme son frère. Élia, elle, était vraiment charmante, un vrai rayon de soleil. Bien plus petite que Caïn, elle avait quelques rondeurs qu'elle portait avec sensualité. Son visage était régulier, avec de beaux yeux gris légèrement maquillés et une bouche gourmande ornée d'un rouge à lèvre carmin. Elle attirait de nombreux regards masculins, mais n'avait d'yeux que pour son mari. Mya, qui avait hâte de retrouver le sien dans l'intimité, les regarda s'embrasser. Ils s'étaient mis dans un coin discret pour mêler leurs langues. La main d'Élia descendait à présent sur les fesses musclées de Caïn, qui intercepta sa main et s'écarta d'elle. Il lui jeta un regard mi-courroucé, mi-amusé, et était de toute évidence excité. Mya ne voyait pas le visage d'Élia mais l'imaginait taquine. Elle cru lire sur les lèvres de Caïn quelque chose comme "Laisse-moi tranquille ou je ne réponds plus de rien !".

Ces deux-là respiraient le bonheur.

Comme Souli et elle.

Mya avait profité de la fête jusqu'au départ de la plupart des gens, vers 5h du matin. Son mari était encore en pleine discussion, politique à n'en pas douter, avec Kalor et deux hommes qu'elle savait être très proches de son père. Elle ne voulut pas les déranger et fit signe de loin à Souli qu'elle l'attendait dans leur chambre.

En s'adossant à la porte qu'elle venait de refermer, Mya sourit. Elle était heureuse. Elle attendait impatiemment son mari. Malgré l'heure tardive, elle ne se sentait pas fatiguée et avait hâte de se laisser fondre de désir sous les mains expertes de son séduisant mari. Bien sûr, la nuit de noce n'aurait rien d'une première pour eux, Mya ayant justement pu apprécier les talents de son mari en matière de sexe. Elle se demandait s'il lui réservait quelque chose de spécial pour célébrer leur union. La jeune épouse s'était déshabillée et n'avait conservée que ses sous-vêtements malgré le froid qui régnait dans la chambre. Elle avait passé un joli déshabillé blanc, lui arrivant à mi-cuisse, assorti à ses dessous.

Cela faisait plus d'une heure maintenant que Mya patientait, elle s'était glissée dans les draps. Elle commençait à être déçue que son mari ne montre pas plus d'empressement à la rejoindre. Il arriva finalement, l'air content de lui. Mya ne put cacher sa frustation.

— Ah...
— Quoi "Ah" ? répondit Souli en quittant son sourire.
— Non, rien, je t'attendais c'est tout, expliqua Mya.
— Figure-toi que je n'ai pas que toi à penser. Les plus grands décisionnaires de l'état étaient présents aujourd'hui, dans de relativement bonnes dispositions de surcroît, je devais discuter de "détails" comme l'état de nos réserves et... Bref, je ne vais certainement pas discuter de cela avec toi, termina-t-il d'un ton sec.
— Mon père appartient au gouvernement de notre état depuis bien plus longtemps que toi, et nous avons toujours beaucoup parlé politique à la maison, répliqua Mya, vexée par les propos de son mari. Je sais exactement ce qu'il en est de nos difficultés d'approvisionnement et...
— Qu'est-ce que tu n'as pas compris dans "Je ne veux pas discuter avec toi" ? la coupa sèchement Souli. Sa bonne humeur l'avait complètement quitté.

Mya resta interdite quelques secondes face à l'énervement visible de son mari.
Il ne s'était jamais comporté de cette manière avec elle. Jusque-là, Souli était à l'écoute et très respectueux. Mya était très surprise par ce Souli là. Ce n'était pas le Souli qu'elle connaissait. Quelle

mouche le pique ? L'alcool peut-être ? Non, il n'avait pas l'air saoûl. Ce n'était pas du tout comme ça qu'elle avait imaginé sa nuit de noce.

Des larmes coulèrent tandis que Mya s'enroula dans le drap en silence, tournant le dos à Souli. Mais Souli n'en avait pas fini.

— Tu prétends m'attendre, et quand je suis là tu fais la gueule ?

Mya ne répondit pas. Elle continuait à pleurer en silence. C'était une mauvaise passe, demain à son réveil tout redeviendrait comme avant.

Soudain, Mya se sentit brusquement saisie par l'épaule. Souli la forca à se tourner vers lui. Il était complètement nu. Elle put voir que Souli était prêt, lui, pour cette nuit de noce qu'elle avait attendu pleine d'envie. Il monta sur le lit. Elle comprit dans son regard que la surprise qu'elle avait espérée ne serait pas conforme à ses rêves.

Mya était toujours sous les draps, et comme Souli la chevauchait au niveau de son torse, elle était complètement immobilisée, les bras comme les jambes. Il lui saisit son menton de la main droite pour l'obliger à le regarder. Mya eut un mouvement de panique, elle essaya de toutes ses forces de se débattre, en vain. Son cœur battait à tout rompre et elle peinait à reprendre sa respiration, écrasée par le poids de son mari.

Elle vit un sourire cruel se dessiner sur le visage de l'homme au dessus d'elle. Il jouissait de la situation, de l'avoir ainsi à sa merci.

Maintenant toujours la tête de Mya avec sa puissante main, Souli se pencha vers l'oreille de sa femme et lui chuchota :

— Je vais te baiser, c'est ce que tu voulais, non ?

Les larmes reprirent de plus belle.

— Je t'explique comment ça va se passer. Si tu ne fais pas exactement ce que je te dis, si tu essayes de te débattre encore une fois, je te défonce. Et n'oublie pas qu'aux arts martiaux, j'ai appris à porter des coups sans laisser de traces. Il libéra légèrement son étreinte. Fais un signe de tête si tu as compris.

Mya roulait des yeux terrifiés vers son mari et acquiesca faiblement.

— Bien ! Tu vas te déshabiller complètement, et m'attendre à quatre pattes. Oh, ça va être bon tu vas voir.

Souli se leva. Les larmes continuaient de couler et Mya respirait difficilement. Ce n'était pas possible. Elle allait se réveiller. Le regard dur de Souli ne l'avait pas quitté. Il lui faisait très peur. Elle se leva à son tour lentement, choquée. Mya instinctivement se tourna pour retirer sa nuisette.

— Non ! dit Souli.

Mya sursauta.

— Tourne-toi vers moi et regarde-moi.

Mya se tourna et leva péniblement ses yeux humides vers Souli. Il se carressait, et la regardait en souriant. Il avait l'air très excité. Mya essaya de respirer un grand coup et dégraffa son soutien-gorge. Elle n'était pas particulièrement pudique en temps normal, pourtant là elle dut vraiment se faire violence pour retirer sa culotte. L'humiliation était terrible. Elle remonta sur le lit. Souli attendit qu'elle soit dans la position demandée pour lui mettre un coup violent sur les fesses.

— Non. Par terre. Je vais te baiser par terre.

Mya descendit du lit en tremblant. Elle se mit à quatre pattes et attendit. Elle fermait les yeux très fort. Il ne la prit pas tout de suite. Elle n'osa pas regarder ce qu'il faisait. Les bruits étaient amplifiés, elle avait l'impression qu'il marchait lentement autour d'elle. Cherchait-il un bon angle pour la frapper à nouveau ? L'attente lui parut interminable, elle tremblait de tout son corps. Mille pensées l'assaillaient, elle revit l'homme attentionné qui l'avait courtisé. Cet homme n'était pas réel. Le vrai Souli était celui qu'elle devinait derrière elle. Le vrai Souli devait haïr les femmes.

Et soudain, elle se sentit saisie par la taille et il enfonca violemment son membre en elle. Elle eut très mal.

Pourtant, aucun son, aucun hurlement, ne parvenait à franchir sa bouche. Elle était dans un état second. Il la martelait en lui tirant la tête en arrière avec les cheveux. Elle espérait qu'il jouïrait très vite.

Chapitre 10

Douce nuit

Quelque part en France, 15 mai 2012

Natacha s'étira mollement et ouvrit les yeux : 7h41. Le réveil sonnerait dans quatre minutes...

Son rêve était encore bien présent dans son esprit. Elle se demanda ce qui avait pu lui inspirer cette situation si étrange.

Elle était seule, au milieu d'une mer de glace. Enfin, elle avait le sentiment que c'était de la glace car elle avait très froid, mais le sol était de jais. Le ciel était très sombre aussi, sans soleil ni lune. Il n'y avait rien d'autre qu'elle dans cette immensité noire. Pas un arbre, pas un animal.

Elle se sentait poursuivie. Elle ne savait pas par qui ni pourquoi. Elle ressentait le danger intensément. Elle voulait courir. Elle n'y parvenait pas. Elle mettait un pied devant l'autre avec une lenteur exaspérante. Elle était cependant essoufflée et produisait un nuage de vapeur blanche à chaque expiration.

Le froid était terrible.

Elle cherchait quelque chose dans ce paysage désolé. Une échappatoire. Il n'y avait rien d'autre que le néant à perte de vue, rien qu'un sol lisse, noir. Elle continuait d'avancer. Le paysage ne changeait pas.

L'angoisse l'étreignait de plus en plus.

Cette désagréable sensation était toujours là à son réveil.

Quel horrible rêve.

Elle voulut tirer la couette pour se défaire de la sensation de froid qui persistait, et sentit une résistance. Natacha fronça les sourcils et voulut tirer plus fort, puis se souvint : hier soir elle était allée courir.

En sens inverse de sa boucle, elle avait croisé un fort séduisant brun, le sourire malicieux. Il l'avait regardé en ralentissant ostensiblement, et elle avait souri, pas intimidée, habituée à l'effet qu'elle produisait sur les hommes. Puis l'avait oublié en parcourant les 3 derniers kilomètres, toute à son effort. Dans l'autre sens, il fallait faire 5 kilomètres pour revenir à l'entrée du parc. Et pourtant, quand elle arrivait en sprint, il était là, à peine essoufflé. Elle ne doutait pas qu'il l'attendait. Ils avaient engagé la conversation et il avait su éveiller l'intérêt de Natacha en utilisant d'autres sujets de conversation que ses magnifiques yeux vert ou ses formidables aptitudes au sport. Elle avait accepté de le retrouver après la douche pour prendre un verre. Il avait de l'assurance, du charme, il ne lui en fallait pas plus. Elle avait accepté qu'il la raccompagne. Puis Natacha lui avait proposé le "dernier verre" chez elle.

Et ce matin elle se réveillait à ses côtés. Il lui avait donné beaucoup de plaisir, et réciproquement, mais maintenant elle avait hâte qu'il s'en aille : une bonne journée l'attendait, pas question de la commencer en retard.

Elle désactive le réveil pour ne pas l'entendre sonner (elle avait horreur des réveils, même en mode radio) et prend le temps de le regarder. Et merde, fichue mémoire des prénoms, c'est quoi déjà ? Ah oui, Thomas. Elle s'apprête à le réveiller lorsqu'il ouvre les yeux. Elle s'assoit sur le bord du lit pour signifier son empressement. Lui n'a pas l'air pressé... Il a même l'air d'humeur plutôt sensuelle. Natacha regarde machinalement son réveil à nouveau : il faut qu'elle soit partie de chez elle dans

30 min. Elle essaye vaguement de résister, mais son corps a déjà capitulé au moment où Thomas, encore ensommeillé, l'a entourée de ses bras.

8h35. Presque pas en retard, c'est parti pour le dernier cours d'analyse aux deuxièmes années. L'enseignement, elle adorait ça. Elle occupait le poste de maître de conférence depuis 3 ans déjà, ce qui était exceptionnel pour quelqu'un de 31 ans. Oui, elle avait donné de sa personne. Elle n'avait pas envie de galérer comme ses collègues pendant des années, ATER ou post-doc, payée une misère, sans aucune certitude d'avoir un poste un jour.

Lorsque ce poste s'était ouvert, le directeur du laboratoire lui avait fait comprendre que, comme souvent, le poste était fléché. Bien que pas surprise, elle avait été déçue car les compétences requises étaient exactement les siennes. Le soir de l'entretien, comme elle avait décidé de ne rentrer que le lendemain, elle avait croisé le directeur par hasard dans un bar... Elle avait engagé la conversation, et elle avait senti qu'elle pourrait le séduire. Qu'avait-elle à perdre ? Son intégrité ? Elle n'avait aucun problème avec ça...

En à peine quelques semaines, elle avait établi son pouvoir, le pouvoir donné par le désir et le sexe.

Elle avait obtenu le poste. Le plus dur avait été d'arrêter la "relation" en douceur. Elle avait réussit en cinq mois environ. Il essayait de temps en temps de la relancer, tout en sachant pertinemment à quel jeu ils avaient joué. Il ne semblait pas lui en vouloir. Il avait eu ce qu'il voulait aussi. Bien sûr, les mauvaises langues avaient jasé, surtout le post-doc à qui ce poste était destiné. Natacha les ignorait royalement : elle avait au moins autant de compétences que le candidat local. Elle s'était donnée les moyens d'avoir ce qu'elle voulait, et ne regrettait rien. Tant pis pour les jaloux.

Aujourd'hui, elle finissait sa journée à midi. Dans une semaine et demi, c'était les partiels, qu'il faudrait corriger pour mi-juin. Elle espérait qu'il n'y aurait pas trop de rattrapages à corriger ensuite.

Et après, les vacances ! Des vacances un peu particulières. . .

Dans le courrier qu'elle avait reçu quatre jours auparavant, on l'assurait juste que sa candidature avait été retenue, et qu'elle devait réserver les trois premières semaines de juillet.

Quelque part en France, 16 juin 2012

Natacha était excitée comme une puce. Elle avait rendez-vous à 15h dans un bar avec un certain Antoine Mercier, casteur pour "La séductrice du Diable". Elle s'était préparée avec soin, pour qu'il ne risque pas de changer d'avis.

En arrivant au bar, Natacha chercha du regard l'homme avec qui elle avait rendez-vous, sachant toutefois qu'elle n'avait aucune idée de ce à quoi il pouvait ressembler. Elle eut à peine le temps d'embrasser la salle du regard qu'un homme se leva en lui tendant la main :

— Natacha ? Antoine, enchanté de te rencontrer.
Natacha prit la main tendue, un peu surprise par la familiarité du personnage : on n'a pas élevé les cochons ensemble quand même. Elle se résigna en se disant que ça devait être ça la télé, et le sourire avenant d'Antoine acheva de la détendre.

— Bien, tout d'abord, merci de participer à ce nouveau jeu, dans lequel nous croyons beaucoup ! Je te rappelle encore que pour le bon déroulement du jeu, tout doit rester secret. Tu peux simplement dire à tes proches que tu participes à un jeu télévisé trois semaines et qu'ils auront les détails à la télé ! ! reprit Antoine en souriant largement.

— Non, ne vous... t'inquiète pas, répondit Natacha, en se forçant à le tutoyer aussi. Elle le détailla : pas très grand mais bien fait, il était plutôt séduisant pour un blond. Sans savoir pourquoi précisemment, elle trouvait qu'Antoine ne correspondait pas à l'idée qu'elle se faisait du monde des média. Trop... normal ? Elle reprit : je n'en ai pas parlé dans les détails, simplement que je me faisais payer des vacances par une émission télévisée.

— Je ne vais pas te donner plus de détails aujourd'hui, à moins que tu n'aies des questions sans rapport direct avec le jeu ?

— À part les détails pratiques du voyage, ça me convient de garder la surprise pour le reste. Enfin... Vous n'auriez pas une photo par hasard ?

— Haha ! Je m'en doutais que tu ferais ta curieuse. Tu n'as pas peur d'être découragée s'il n'est pas à ton goût ?

— Au contraire, il vaut mieux que j'aie un mouvement de recul face à une photo qu'en face de lui ! Ne t'inquiete pas, quelque soit son apparence, je saurais le séduire.

Natacha avait bien du mal avec le tutoiement et se forçait tant bien que mal.

— De toute façon, il faut que tu puisses le reconnaître sur le bateau. Je te présente donc "Marc", dit Antoine en sortant une photo de sa poche.

Il donna la photo à Natacha et dégusta un petit Bordeaux, un Graves 2009, qu'il s'était commandé. Les yeux fermés, il semblait au septième ciel.

Natacha détailla l'homme sur la photo. Marc paraissait grand. Il semblait très musclé sous ses vétements. En observant son visage, Natacha eut presque des frissons dans le dos. Il dégageait une sorte d'aura machiavélique, sans doute liée à ses arcades sourcilières marquées et son nez cassé. Il était brun, les yeux marrons, on ne peut plus ténébreux. Bien que difficile à estimer sur photo, Natacha le jugea charismatique.

Elle sourit. Il avait l'air dominateur et tout le contraire de malléable. Exactement le défi qu'elle souhaitait relever.

— Ils ont l'air aussi amènes les autres futurs maris que mes concurrentes doivent séduire ?

— Tu ne perds pas de vue l'essentiel. La compétition sera équitable, nos psychologues y ont veillé. Tu as peur de ne pas parvenir à tes fins avec Marc ?

— Il ne me résistera pas. Je m'inquiète simplement pour mes adversaires, ajouta Natacha dans un sourire carnassier qui éclaira son visage.

Natacha ne manquait pas de confiance. En arrivant dans le bar, elle avait encore remarqué de nombreuses têtes masculines se tournant vers elle.

— Parfait ! Bon, en ce qui concerne les informations pratiques, tu seras absente du 30 juin au 21 juillet, et c'est moi qui viendrai te chercher en voiture le samedi 30 juin à 5h du matin. De même pour le retour tu seras raccompagnée chez toi. Tu n'as pas grand chose de plus à savoir...

— Et en terme de vêtements, vous m'avez dit une destination chaude ?

— Ne t'encombre pas, la production mettra des tenues à dispositions des candidates séductrices. Shopping à volonté, pour mettre toutes les chances de votre côté ! rigola Antoine.

Chapitre 11

Angoissante attente

Au Capitaine Rhum, 2 mars 2129

Abel attendait depuis trois quarts d'heure maintenant. Comme tous les soirs depuis quatre jours, Abel se rendait dans un bar à chaque fois différent, selon une liste connue seulement d'Avan et lui. L'inquiètude commençait à monter. Il y avait tant de raisons pour lesquelles ils pouvaient échouer. Natacha devait commencer sa mission au plus vite, avant que l'étau ne se resserre trop autour de la résistance.

Il faut dire que l'excès de confiance en lui de Souli jouait en leur faveur. La sérénité de celui-ci se justifiait par l'impuissance grandissante de la résistance à son encontre. Depuis plus d'un an en fait, depuis que Souli s'était imposé seul à la tête du gouvernement en écartant Kalor. Et ces derniers temps, les actions menées contre sa politique ne le dérangeait presque plus. Le petit groupe de résistants continuait néanmoins, mesurant les risques pour maintenir la pression, aussi légère soit-elle, afin de détourner l'attention des espions de Souli de la seule opération qui ait une chance d'aboutir.

21h15. Avan ne viendra plus maintenant. Abel, soucieux, se leva et se dirigea vers la sortie.

Ils tombèrent nez à nez. Abel, tiré de ses pensées, sursauta à la vue du jeune homme.

— Mon Dieu mais que fais-tu là ?

— Je n'avais pas le temps de suivre la procédure habituelle, ça fait une heure que je parcours les bars en espérant te trouver. Je... J'ai une mauvaise nouvelle, Abel.

Abel marqua un silence. En un instant, il comprit. Cette tête de mûle orgueilleuse n'avait pas pu s'empêcher.

— Tu y es allé. Contre mon avis, tu as risqué ta vie, et celle de Max. Et la sécurité de l'organisation.

Abel se retenait de trop l'accabler pour le moment. Il prendrait les mesures qui s'imposaient plus tard.

— Que s'est-il passé, Erwan ?

— Nous avons échoué. Je m'en suis tiré de justesse mais Max n'a pas pu. Il s'est suicidé. Il est mort, Abel. J'en ai l'entière responsabilité, je l'assume. Ça ne devait pas se passer comme ça.

Erwan était visiblement très affecté par la disparition de son ami qui serait encore là s'il n'avait pas joué au plus malin. Abel ne voulait pas de ses excuses. Il avait besoin de savoir ce qui s'était passé. Son regard se posait durement sur Erwan.

— Raconte-moi.

— Je ne sais pas, je ne comprends pas comment c'est possible !

Erwan parlait très vite, sous le choc.

— Soit j'ai été mal informé, soit, et c'est sans doute le plus inquiètant, nous avons une fuite. Mais qui ? Seul toi, Max et moi étions au courant. Je ne vois pas comment ils ont su. Ils étaient deux fois plus nombreux que je ne pensais. Ils nous attendaient. Max... Max avait insisté pour être l'éclaireur. Il était devant moi. Malgré son camouflage gris comme toujours, je le voyais encore distinctement.

Erwan respira un grand coup pour ne pas se laisser submerger par l'émotion.

— Et d'un coup, j'ai cru que la neige autour de lui se mettait à voler. Six hommes en tenue de camouflage également ont surgi autour de Max, se sont précipités vers lui. J'en ai aperçu une petite quinzaine d'autres répartis sur le glacier, ils étaient là pour nous il n'y a aucun doute. Ils ne savaient juste pas où nous passerions exactement.
Tu connais Max, il est toujours prêt. Était... Il a réussi à en tuer un, sûrement en blesser un autre, j'ai entendu deux coups de feu. Après il a dû comprendre qu'il ne faisait pas le poids. La dernière chose que j'ai vu c'est Max s'écrouler et convulser. Il a avalé sa gélule de suicide. Je ne pouvais plus rien pour lui. Je n'avais d'autre choix que de fuir avant qu'ils ne me voient.

Erwan savait que c'était la seule chose à faire mais la culpabilité n'en était que plus lourde. Il portait le poids de la mort de son ami sur ses épaules. Épuisé nerveusement, physiquement, Erwan n'arrivait plus à retenir ses larmes. Abel en voulait énormément à ce jeune inconscient, qui avait péché par excès de confiance. Pourtant, sans un mot, Abel s'approcha de lui, glissa sa main derrière la nuque du jeune résistant et l'attira vers lui, pour une accolade paternelle. Tandis que les larmes coulaient silencieusement des yeux fermés d'Erwan, Abel, les yeux secs, regardait dans le vide, en pleine réflexion.

Il remercia intérieurement sincérement Max de son sacrifice par dévouement à la cause. Qu'un des leurs se fasse prendre et c'était la fin. Malgré tout le courage qu'un homme peut avoir, Abel savait très bien ce que la douleur pouvait faire avouer. Il était attentif à ce que personne n'ait de vision globale de l'organisation et à ce que chacun ait le minimum d'information. Cependant le moindre élément pouvait donner un avantage considérable voire suffisant à Souli. Leur seule protection était le secret qu'ils entretenaient tous jalousement. Pour l'instant Souli avançait dans le noir, aveugle, les mains devant lui, tâtonnant à leur recherche. La moindre lueur pouvait lui suffire à les trouver. Á les anéantir.

Comment avait-il su ?

Il allait falloir être encore plus prudent.

Et surtout, il fallait que Natacha arrive.

Hâte-toi Avan, hâte-toi je t'en prie.

Chapitre 12

Amour fraternel

Villa de Kalor, 18 septembre 2119

▼Mariage de Mya et Souli ▼Poste avancé
▼Garde rapprochée ▼Avan prend le départ
▼Le Traité de Gestion des Ressources ▼La femme idéale
2115 2130
▼2119

En arrivant chez Kalor par le large tunnel que ce dernier avait fait amménager, Caïn croisa le chemin d'un homme étrange qui sortait. Il était vêtu d'une ample tunique blanche qui lui arrivait aux chevilles, recouvrant une chemise et un pantalon de la même couleur, d'une matière très fluide. Sur sa tête, un turban savamment noué ne lui laissait apparents que les yeux.

Il semblait glisser sur le sol tant il se déplaçait souplement et silencieusement.

Caïn s'apprêtait à le saluer et cherchait les yeux de ce ninja blanc. L'autre tourna la tête vers lui. Caïn, qui avait entrouvert la bouche, la referma aussi sec, figé par le regard glacial de l'autre. L'homme sans visage dégageait une bestialité incroyable, celle de l'homme qui a tout vécu et qui n'a rien à perdre.

Caïn avait encore froid dans le dos de cette rencontre lorsqu'il rentra dans le grand salon. Il trouva ses deux frères en train de trinquer.

Il s'était beaucoup éloigné d'eux ces dernières années, surtout de Souli. Les idées politiques de ce dernier lui faisait très peur, et plus Souli prenait d'importance politique, moins la discussion était possible. Limor, le cadet, n'était qu'un gentil toutou complètement sous l'emprise de son frère Souli. Cependant, aujourd'hui, Caïn avait décidé de prendre sur lui et de faire bonne figure. Et d'éviter soigneusement tout sujet politique. Il se servit un verre et le leva en direction de Souli :

> — Vive les mariés ! lança Caïn aussi joyeusement que possible. D'ailleurs, où est ta tendre épouse ?
> — La nuit de noce l'a fatiguée, répond Souli, relevant un coin de bouche en un sourire méprisant. Trinquons plutôt à la vraie bonne nouvelle du jour : Kalor va me nommer premier conseiller !

Caïn accusa le coup. Son sourire resta accroché par miracle. Une bonne nouvelle ? C'est un désastre oui. Souli manipulait largement Kalor, là il pourra continuer officiellement, et agir directement. Plus besoin de prendre des chemins détournés. Caïn ne pensait pas que ça arriverait si vite. Enfin il ne voulait pas plutôt.

En cette époque trouble, le mariage, comme au temps des rois, avait donné la légitimité à Souli d'accéder aux sphères politiques. Il cessait d'être "le garde du corps de" pour devenir une figure du gouvernement à part entière. Aucun doute que Souli continuerait son ascension fulgurante.
Et la prochaine et dernière étape ne serait qu'une question de temps.

> — Eh bien, Caïn, tu ne trinques pas à la réussite de ton cher frère ? demande sarcastiquement Souli.
> — Si bien sûr ! se reprend Caïn. Á la vôtre, M. le premier conseiller, lance-t-il en une piteuse tentative pour paraître enjoué. Même lui entend que ça sonne faux, décidemment le théâtre ce n'est pas pour lui.

— Tu peux faire mieux que ça, mon frère. Tu n'es pas content pour moi ?

Bon, il n'y aurait donc pas moyen d'éviter de parler politique aujourd'hui. De toute façon Souli n'avait pas tellement d'autres sujets de conversation, et il semblait prendre un plaisir sadique à soulever leurs désaccords, d'autant plus maintenant qu'il avait un fort pouvoir de décision.

Caïn cessa de faire semblant.

— Je ne suis pas content pour l'Europe, répondit Caïn calmement. Je n'avais pas envie de reparler de ça avec toi, puisque tu sais exactement ce que je pense. Tu vas nous mener à notre perte. Ta soif de pouvoir n'a d'égale que ton aveuglement. Quelle va être ta première décision, M. le premier conseiller ? Révoquer le TGR ?

— Je n'en ai pas encore le pouvoir. De toute façon, que ce torchon abusif soit officiellement révoqué ou non ne change pas grand chose. Mais effectivement nous ne pouvons plus accepter que le peuple du Nord, qui s'est octroyé toutes les ressources, nous jette des miettes au compte-goutte et nous dicte notre conduite.

Caïn n'était ni sanguin ni colérique, mais connaissant les enjeux, il bouillait.

— Ils ne se sont pas octroyé les ressources ! lança-t-il. Eux seuls ont mené de longue date une politique suffisament responsable pour préserver de maigres ressources. Ils ont mis toute leur énergie dans le développement d'une alimentation responsable, plutôt que de continuer à faire le jeu des lobbies et des banques pour cette vaine possession qui te dévore, le POUVOIR.

— Les Nordistes, des utopistes ? Quel naïf ! Tu répètes consciensieusement les paroles de ta petite Élia. Qu'est-ce que tu as en échange de ta docilité ? Elle te fera une gâterie ce soir ? Ouvre les yeux bordel, cesse de te faire écraser par une femme, lança Souli, condescendant.

— Laisse Élia en dehors de ça ! explosa Caïn

— Justement, non. Je voulais t'en parler au contraire. Tu refuses de voir cette vérité, mais les États du Nord n'ont d'autre but que d'envahir l'Europe. Ils veulent s'approprier notre territoire, et quoi de mieux que d'implanter progressivement des enclaves Nordistes par le biais des Walipinis ? Ils arrivent petit à petit, dispersés sur tout le continent, distillant localement leur propagande. Comme pour apprivoiser un animal, ils nous amadouent en nous donnant de la nourriture, et en créant une dépendance. Regarde ta femme. Elle a réussi avec toi. Elle t'a convaincu que les États du Nord ne veulent que notre bien. Bullshit. Sa vraie mission, en tant que leader, c'est de bourrer le crâne des gens. De les convaincre que nous, leur gouvernement, refusons l'aide désintéressée des Nordistes pour garder le pouvoir ou je ne sais quelle autre raison elle invoque. Certains commencent à s'élever contre notre politique. Je ne le tolère pas.

— Élia ne prend aucune part à la politique ! C'est une scientifique, elle est juste là pour que la culture prospère.

— Avec le résultat que l'on connait. Là encore tu es naïf mon frère. L'amour décidemment t'a dépouillé de ton cerveau. Ta femme échauffe le climat politique. Mais elle ne fait pas que ça. Ta femme veut ma perte et elle agit en conséquence. Ta femme organise l'opposition, Caïn. Que crois-tu qu'elle fasse, rendue tous les quatre matins en ZFR[1] ? Elle t'a sûrement dit qu'elle allait cueillir des fleurs pour les étudier, évidemment. Une simple coïncidence que les convois de nourriture qui nous sont destinés ne parviennent jamais en Europe à ces périodes ?

De fait, les États du Nord envoyaient de moins en moins de nourriture en Europe, considérant l'accueil médiocre fait aux Walipinis. Davantage d'aide et de protection avaient été demandées pour les serres auprès de la Démocratie Européenne,

---

1. Zone Frontalière Rebelle. Désigne la ZFL, Zone Frontalière Libre, du point de vue de la Démocratie Européenne qui leur refuse toute légitimité.

en vain. Caïn soupçonnait Souli d'être le commanditaire des nombreuses tentatives de vol dans le Nord par des groupes armés jusqu'aux dents, qui passaient par la ZFL justement. Cette dernière pâtissait énormement du passage des mercenaires, qui n'attendaient pas d'être à destination pour voler, piller et violer.

> — Elle commence à sérieusement me faire chier, continua Souli froidement. Ce que tu vas faire, c'est que tu vas lui dire de retourner dans son pays et de cesser toute implication dans nos affaires. Elle peut en profiter pour dire à son peuple de nous foutre la paix. Je veux plus ni l'entendre ni la voir, tu peux même la suivre si tu l'aimes tant.

Souli allait trop loin, beaucoup trop loin. Oui, Élia était engagée, mais elle ne voulait que le bien de tous. Elle était philantrope avant d'être citoyenne. Et elle ne prendrait pas autant de risques.

Caïn se força à respirer profondément pour reprendre un certain calme. Il sentait ses carotides palpiter dans son cou.

Il planta ses yeux noirs dans ceux de son frère et s'inclina légèrement vers lui, à son tour menaçant. Il baissa la voix et son timbre se fit plus grave.

> — Encore une fois Élia ne fait rien d'autre que de la science. Je n'accepte ni ta façon de parler d'elle, ni tes ordres. Je te garantis que c'est la dernière fois que tu l'insultes, articula Caïn lentement.
> — Tu as raison, j'ai été bien trop patient déjà, répondit Souli, descendant à son tour d'un ton et approchant le visage de son frère jusqu'à lui offrir son haleine. Parce que tu es mon frère. Et au nom de cet amour fraternel, et parce que je vois bien que tu n'es plus toi-même, je t'offre une dernière chance. Mais écoute-moi bien : si tu n'es pas capable de maîtriser ta femelle, je m'en chargerais personnellement. Et ce sera probablement moins agréable pour elle, ajouta Souli avec un regard qui en disait long.

Caïn blêmit sous la colère, et sous la peur aussi. Il avait l'impression d'entendre son cœur battre. Souli n'était pas le genre à faire des menaces en l'air. Caïn soutint un instant le regard de son frère en serrant les poings.

Puis il partit sans mot dire.

Chapitre 13

Entre amies

Chez Stasya, 14 avril 2120

Élia avait voyagé de nuit, sous l'insistance de Caïn, qui voulait qu'elle se montre plus discrète, sinon plus prudente. Les deux frères ne s'étaient pas reparlé depuis leur violente altercation. Caïn prenait Souli au sérieux et était très inquiet. Élia ne comptait pas céder à la pression. Elle continuait ce qu'elle faisait, agissant toutefois davantage dans l'ombre.

Stasya l'avait simplement accueillie cette nuit, et elles s'étaient aussitôt couchées sans parler. Elles n'avaient pris que quelques heures de repos, Élia devant repartir rapidemment. Elles prenaient leur petit déjeuner, une infusion de plantes et des fruits de la Grande Ourse.

— Ma Stas', je ne vais pas avoir le temps de profiter de toi malheureusement. Je fais ce rapide détour pour savoir comment va la ZFL.

— Ça marche, je vais aller droit au but. Notre dernière mission a été un beau succès. Nicu et Max ont rasé un avant poste mis en place 4 jours auparavant par la RRAS, qui a eu l'imprudence de ne pas y laisser assez d'hommes. Notre connaissance du terrain et l'effet de surprise sont toujours un avantage considérable. Ça ne suffira pas tout le temps. La RRAS fait des raids de vol de nourriture de plus en plus souvent, et il en vient de plus en plus pour prendre position autour de la frontière. Clairement, depuis la révocation du TGR en janvier, ils sont moins discrets. Leurs intentions sont claires.

Stasya déplia une grande carte de la région qui avait de toute évidence bien vécu. De nombreuses croix marquaient des emplacements, avec des nombres à côté, quelquefois rayés. Des flèches avec des dates devaient indiquer des déplacements.

— Je reviens de trois jours de randonnée dans le territoire. Je voulais dresser un état des lieux sans risquer d'attirer l'attention. Je ne m'attendais pas à cela ma belle. La situation est bien pire que nous le pensions. J'ai dénombré au moins dix campements de la RRAS, à des positions stratégiques. Ils ne sont jamais plus de huit comme tu vois, précise Stasya en pointant les nombres sur la carte. Ainsi, ils restent cachés assez facilement. Pour autant, nous savons que même peu, ils sont redoutables.

La majorité des emplacements était à proximité de la frontière avec les États du Nord. Élia suivait attentivement.

— Il est évident qu'ils se préparent à entrer sur le territoire. Nicu, Max, et les hommes que nous avons pu recruter jusqu'ici sont très efficaces, et vont pouvoir continuer de ralentir leur progression, mais nous devons frapper plus fort ! Nous devons être mieux renseignés, mieux armés, il nous faut plus d'hommes, plus de moyens. Tu as réussi à organiser le mouvement, il faut désormais le développer, sans quoi nous allons à notre perte.

— Oui je sais. Pour les hommes d'action, j'ai épuisé mon vivier d'hommes de confiance, et ne peux en recruter davantage pour l'instant sans risquer de nous compromettre. Par contre, pour le service de renseignement et de solutions techniques, l'équipe commence à produire des résultats. J'essaye d'ailleurs de recruter un roi de l'informatique, qui agit déjà pour nous régulièrement. Il tient beaucoup à son indépendance et est difficile à convaincre. Quoiqu'il en soit, la résistance ne peut pas se jouer uniquement sur le terrain. Et je pense pouvoir marquer de beaux points en utilisant d'autres moyens.

— Il faut tuer le mal à la racine.

Stasya marqua un temps.

— Caïn est un ancien militaire, non ? Il doit bien connaître d'autres militaires désœuvrés prêts à se battre pour nous ? Même si la manière forte ne suffit pas à nous faire gagner, il nous faut plus de combattants !

— Caïn ne sait rien de mes agissements. Son frère est suspicieux, je voulais le protéger en ne lui disant rien. Caïn aurait été capable d'aller à l'affrontement avec son frère s'il savait ce que nous savons, sur toutes les actions de Souli contre nous, contre les États du Nord. J'avoue que le secret est lourd à porter, surtout vis à vis de l'homme que j'aime. Il serait évidemment d'une aide inestimable... Je dois y réfléchir.

— Tu crois que Souli se doute de quelque chose ? Qu'il suspecte que les attaques qu'il subit viennent d'un mouvement organisé ?

— Je ne sais pas ce qu'il sait, il se garde bien de le dire à son frère en qui il n'a absolument pas confiance. Enfin je crois qu'il n'a confiance en personne de toute façon. En tout cas, il a bien compris que je ne le portais pas dans mon coeur. À son mariage, il ne m'a pas adressé la parole et depuis la dispute avec Caïn, on ne l'a pas revu. Et je ne risque pas de lui courir après évidemment. Outre qu'il me fait peur, il verrait tout le bien que je pense de lui s'il croisait mon regard, et ce n'est pas son esprit de famille qui l'empêcherait de lever la main sur sa belle sœur. Quoiqu'il en soit, je pense qu'il sait que j'agis contre lui, sans savoir dans quelle mesure.

— S'il t'a dans le collimateur, fait très attention. Ses routiers[1] ne sont pas des tendres, et quelque chose me dit que leur chef est bien pire encore.

— Oui je suis plus prudente. J'ai diminué la fréquence des voyages, je ne recrute quasiment plus et je suis même plus réservée sur mes opinions, ce qui me coûte d'ailleurs. Il faut que les gens prennent conscience de ce que Souli est en train de faire, il faut communiquer pour lutter contre la désinformation que le gouvernement Européen prodigue.

— Tu n'es pas toute seule. Fais toi oublier pour l'instant et passe le relai à d'autres.

— Oui. Jade, de Cassiopée, est très impliquée. Elle a pas mal de contacts et, en tant qu'Européenne, elle a davantage de crédit que moi lorsqu'elle parle.

Élia marqua un temps et reprit :

— Je vais rester dans l'ombre pendant encore quelques mois. Je vais en profiter pour consolider notre organisation. Avec un service de renseignement opérationnel, je pourrais agir de manière plus ciblée et surtout plus tôt, notamment bien avant que la RRAS arrive ici. Et je vais réfléchir à comment renforcer la protection des Walipinis. Les sabotages réguliers ébranlent notre productivité et Souli se sert de ça pour monter l'opinion contre nous.

Élia savait exactement quoi faire et était confiante.

La résistance était en marche.

La cheffe de la résistance quitta son amie Stasya pour d'autres Walipinis, la raison officielle de ce voyage, qui n'était pas censé comporter d'étape à la Grande Ourse. Dans son dirigeable, en

---

1. Surnom des hommes de la RRAS

vol pour le Walipini du Capricorne, elle repensa à Caïn. Élia était partagée. Elle sentait que ce qu'elle voulait surtout, c'était ne plus rien avoir à cacher à son mari. D'un autre côté, Caïn lui en voudrait de lui avoir caché quelque chose d'aussi important, il prendrait cela comme un manque de confiance. Incapable de décider rationnellement du meilleur choix, elle décida de suivre son cœur.

Elle lui dirait tout dès qu'ils se retrouveraient, ce soir.

Chapitre 14

The mathematics of love

The Journal of psychocomputing, 2 mai 2125

Le cœur peut perturber le cerveau.

L'attirance forte entre deux êtres altère leur raison et leur objectivité. Les amoureux ont l'esprit accaparé par l'autre, ils ne sont plus tout à fait eux-mêmes. Leur comportement comme leur jugement est altéré par la puissance des sentiments.

Paradoxalement, il s'agit d'un phénomène complètement "raisonnable". Aujourd'hui, les mécanismes chimiques exprimant l'amour sont bien connus. Les scientifiques savent décrire l'amour par des équations mathématiques. Ces équations prennent de nombreux paramètres en entrée : l'environnement familial, la santé, les centres d'intérêt, le milieu socioculturel et la psychologie des individus. Bien sûr, si l'on dispose du patrimoine génétique, permettant de caractériser intégralement et précisément l'individu, le calcul de la compatibilité est très fiable.

L'algorithme du calcul est trop complexe pour être écrit par l'Homme. Il a été déterminé par apprentissage automatique. Il suffit d'une base de connaissance relativement petite pour qu'un ordinateur comprenne et produise des statistiques de compatibilité avec un très fort indice de confiance. La base requise contient les caractéristiques d'une centaine de couples amoureux et d'une autre centaine de paires qui ne fonctionnent pas. Le plus difficile a été de constituer et de qualifier cette base. Ensuite, une assez longue phase d'apprentissage permet de générer le réseau de neurones à partir de l'ensemble des informations. Ensuite, le réseau calculera la probabilité d'appariement d'un couple, à partir d'un maximum de caractéristiques individuelles.

Lorsque les individus se rencontrent, la chimie prend le relais : la dopamine pour l'énergie et l'envie, l'ocytocine pour le bien-être et l'attachement à l'autre, l'adrénaline et la noradrénaline qui promettent des nuits sans sommeil, ou encore les merveilleuses hormones du plaisir, les endorphines et la sérotonine, et bien d'autres.

Chapitre 15

Ambiance mexicaine

Sous le soleil des tropiques, 3 mars 2129

▼Dispute entre Caïn et Souli
▼Mariage de Mya et Souli
▼Garde rapprochée
▼Le Traité de Gestion des Ressources
▼Poste avancé
▼Avan prend le départ
▼La femme idéale

2115   2130
▼2129

Conformément à son habitude, Abel avait choisi une table lui offrant une vue sur la porte d'entrée.

Depuis tout à l'heure, c'était un flux continu de jeunes déguisés suivant le thème du Mexique. Abel avait compté dix-huit sombreros, douze ponchos, et d'avantage de moustaches. Il y en avait même un déguisé en cactus. Il ne comptait plus le nombre de *calaveras*, visages des ténêbres riants dans la lumière diffuse de l'endroit. Et bien entendu, la téquila coulait à flot. Ils commençaient à devenir bruyants les p'tits jeunes.

21h, Abel allait bientôt partir, d'autant qu'il n'était pas vraiment couleur locale ce soir. Il leva un œil vers la porte qui s'ouvrait à nouveau, s'attendant à un joli poncho coloré... Enfin ! L'excitation gagne Abel, il se retient de bondir vers Avan.

Il cherche dans l'attitude calme de ce dernier le moindre signe indiquant s'il a pu remplir sa mission sans encombre. Avan le cherchait du regard, Abel lui fit signe.

— Bien content de te voir Avan. Alors ?

— Tout s'est bien passé, répond Avan en tombant lourdement sur une chaise. Je viens juste de revenir avec elle. Natacha est maintenue en sommeil artificiel pour permettre à son organisme de récupérer, et nous en profitons pour faire tous les examens médicaux nécessaires.

— Ah ! souffla Abel en basculant en arrière sur son dossier de chaise, soulagé. Elle est venue d'elle-même alors ?

— Elle a couru tu veux dire. Elle a mordu à l'hameçon à pleine bouche. Ce plan était parfait. Elle n'en sait pas plus pour l'instant, puisqu'elle n'a pas été réveillée depuis que nous sommes arrivés à la navette pour partir du XXIeme siècle. Elle risque d'être très désorientée au réveil, j'essayerais d'amener les choses en douceur sur la vraie raison de sa présence ici.

— Comment est-elle ?

— Pour l'avoir pas mal observée à son insu, je me suis fait une petite idée de sa personne. Elle ne manque pas de caractère... ni de charisme. Elle a un pouvoir certain sur les hommes et s'en sert volontier. Oui, elle est vraiment séduisante, ajoute Avan, visiblement troublé.

— Eh bien, te voilà sous le charme ! Du meilleur augure pour la mission !

— Je ne suis pas sous le charme, se défendit Avan, je te donne mon avis objectif d'homme. Marié je te rappelle.

— Ta fidélité est légendaire, ne t'inquiète pas. Merci pour ton avis "objectif". J'ai hâte de me faire ma propre opinion. Elle sera maintenue en sommeil combien de temps ?

— 24h devraient suffire. Je suis curieux de savoir ce que tu en penses, toi qui fuis la compagnie des femmes. Allez suis-moi, je te présente notre dernier espoir, dit Avan théâtralement.

Habituellement, la moindre allusion sur son comportement avec les femmes était plutôt mal prise par Abel, mais son enthousiasme était tel qu'il n'y prêta pas attention.

Effectivement, bel homme, Abel attirait les femmes comme un coussin au soleil les chats. Pourtant c'est à peine s'il les laissait s'approcher. Et dès qu'une femme montrait de l'attachement, Abel pouvait même se montrer brusque pour la faire fuir. Aux rares intimes auxquels il accepte d'en parler, il explique qu'en tant que chef de la résistance, il ne peut prendre le risque de s'attacher à qui que ce soit, que les personnes trop proches de lui peuvent être un moyen de pression et que leurs vies seraient en danger. Il y a aussi, et surtout, une autre raison. Il a beau s'interdire d'y penser, la souffrance est toujours là. Trop peu estompée par le temps.

Après une petite demie heure de marche à travers les sombres tunnels sous-terrains connus de la résistance seule, ils arrivèrent au QG. Devant la porte de la chambre, Avan s'effaca pour laisser passer Abel.

Elle lui plut au premier coup d'œil. Sa chevelure brune étalée sur l'oreiller mettait l'oval parfait de son visage en valeur. Ses traits sont fins, sa bouche sensuelle et le drap qui la recouvrait laissait deviner un corps aux proportions idéales.

Tandis qu'Avan restait sur le pas de la porte, Abel s'approchait de Natacha.

Cédant à une impulsion qui le surprennait lui-même, il s'assit sur le lit et lui prit la main. Il se sentit gauche. Il lui murmura :

— Natacha… Je vais te demander beaucoup. Nous avons besoin de toi. Ton futur a besoin de toi. Et j'ai l'intime conviction que tu ne nous décevras pas.

Il la regarda, tenant toujours sa main, comme s'il guettait un signe de sa part. Évidemment, elle ne bougea pas. Ce n'était pas grave, il sentait quelque chose, lui. Il entendit la porte se refermer.

Abel resta longtemps après le départ d'Avan.

Dans une petite chambre, 4 mars 2129

Natacha ouvrit les yeux sur une pièce sans fenêtre, éclairée par une dalle lumineuse au plafond. La pièce était petite, et très sommairement meublée. Les murs étaient tristes et nus. La décoration n'était pas la préoccupation première ici.

Elle n'avait aucune idée de l'heure, ni du jour d'ailleurs. Natacha avait l'impression d'être entre deux sommeils, elle était désorientée et ne parvenait pas à se souvenir de cet endroit ni de comment elle y était arrivée.

Un homme était assis sur le bord de son lit, le seul mobilier, avec la petite table qui servait de chevet. Il la regardait avec bienveillance. Elle sentait qu'elle le connaissait. Elle se concentrait pour chercher dans sa mémoire.

— Bonjour Natacha. Comment te sens-tu ?

— Je vous connais… répond Natacha, hésitante.

— Oui, tu me connais sous le nom d'Antoine. Pour l'émission de télé.

Natacha avait vraiment du mal à se convaincre qu'elle n'était pas au milieu d'un rêve. Elle se sentait prisonnière d'un épais brouillard, et peinait à rassembler ses idées. En tout cas, elle n'avait pas l'impression d'être en danger, pas dans l'immédiat en tout cas.

Il fallait se ressaisir et être rationnelle.

Elle se souvenait d'Antoine…

Et de l'émission de télévision. C'était d'ailleurs son dernier souvenir : il était venu la chercher chez elle, en voiture. On était le samedi 30 juin. Il devait l'emmener sur les lieux du tournage, plus exactement au port d'où partait le ferry. Selon Antoine, ou quelque soit son vrai nom, elle n'aurait que quelques heures de préparation avant l'embarquement, pour recevoir les informations nécessaires et se constituer sa valise. Dans le ferry elle rejoindrait tous les protagonistes, notamment le futur mari qu'elle était censée séduire. Antoine lui avait montré d'autres photos pendant le trajet en voiture.

Natacha prit le verre d'eau tendu par Antoine, son esprit devint plus clair.

La mémoire revint, plus nette à présent.

Elle se souvenait étonnament bien de l'homme sur la photo. Il transpirait l'arrogance. Elle, impatiente de le séduire. Oui, elle avait hâte de mettre ses charmes à l'épreuve de cet homme antipathique...

Comme ce dernier souvenir semblait lointain !

Natacha, bien que se sentant faible, avait repris ses esprits.

— M'avez-vous kidnappée ? Quel jour est-on ? Qu'est-ce que je fais ici ? L'émission...Il n'y a jamais eu d'émission c'est ça ? Vous êtes qui ?

Natacha avait encore des caisses de questions, aussi Avan l'interrompt-il.

— Ne t'inquiète pas, je vais répondre à toutes tes questions. Nous ne te voulons aucun mal, tu es ici car tu es la seule qui puisse nous aider. Je m'appelle Avan. Le jeu télévisé n'était qu'un prétexte effectivement, pour t'amener à nous rencontrer.

— C'est qui "nous" ?

— Natacha, tu vas indubitablement être surprise par ce que je vais te dire. Je te prie de me laisser aller jusqu'au bout, et j'apporterais des preuves de tout ce que je vais te raconter.

Natacha se redressa sur son lit. En sentant son corps engourdi, elle devina qu'elle devait être endormi depuis longtemps, peut-être plusieurs jours. Elle décida d'écouter dans un premier temps ce que cet Avan avait à lui dire, il serait bien temps de s'énerver après au sujet de la façon dont elle avait été traitée.

— J'écoute.

— Bien. Nous sommes le 4 mars 2129, plus ou moins au coeur de l'Europe orientale, commença Avan.

Il se retint de sourire de l'expression incrédule de Natacha. Évidemment, elle ne le croyait pas encore. Il n'en attendait pas moins d'elle.

> — La situation écologique et politique est assez désastreuse, reprit-il. L'Europe est scindée en deux parties : un petit territoire au nord, dirigé par le peuple du Nord, selon un régime très démocratique, et le reste du continent, où nous sommes, dirigé par un despote du nom de Souli. Souli est au pouvoir depuis officiellement 2 ans, mais officieusement il conduit le territoire depuis bientôt 17 ans, depuis qu'il s'est fait nommer premier conseiller.

Natacha écoutait attentivement, et bizarrement l'énormité de l'histoire tendait plutôt à la convaincre de la sincérité d'Avan.

Chapitre 16

Le maniement de l'Arme

Bureau de Souli, 2 avril 2120

L'homme au turban rentra silencieusement, aussi discret qu'un courant d'air. Toujours entièrement vêtu de blanc, il glissa jusqu'au bureau de Souli, puis s'assit sans mot dire sur une chaise. Il n'était pas homme à s'encombrer de formalités et attendait que l'on agisse de même avec lui. Aussi Souli commença directement :

— L'Arme, j'ai une mission de la plus haute importance à te confier.

— Tu me confies rarement des histoires de chat perdu, répond-t-il très sérieusement.

En effet, l'Arme avait un statut particulier auprès de Souli. Il n'était rattaché à aucun service et prenait ses ordres directement de Souli. Enfin, prendre ses ordres n'était pas le bon terme.

L'Arme n'était pas de ceux que l'on commande. Il effectuait un travail en échange d'un salaire, de la manière que lui seul décidait. C'est d'ailleurs là où la conversation à venir allait être compliquée, car Souli voudrait imposer son mode opératoire. Il ne voulait pas que l'Arme soit solo sur cette mission. Il avait toute confiance en son assassin, qui n'avait jamais failli, pourtant il voulait redoubler de précautions pour cette fois.

— Je payerai plus que d'habitude.

— D'accord, répondit l'Arme comme si c'était lui qui faisait une faveur à Souli.

— En échange, j'impose une condition.

L'Arme ne sourcilla pas, et planta son regard bleu acier dans le sien, comme pour dire : "C'est ce que nous verrons".

— Il s'agit de deux personnes à la fois. Je ne veux pas courir le risque que l'un des deux s'en sorte. Tu ne peux pas jouer seul pour cette fois.

Si l'Arme était surpris que Souli ose lui demander de déroger à sa règle de base, il n'en montra rien. Souli attendait une réponse, un non catégorique. Qui ne vint pas.

L'argent a-t-il suffi à le convaincre ? Souli était étonné.

La première fois qu'il avait rencontré l'Arme, Souli était encore militaire. Malgré les années, l'Arme demeurait un inconnu. Il était indéchiffrable, ne montrait jamais la moindre émotion. Souli avait toujours eu l'impression de s'adresser à une machine.

L'Arme était l'un des rares hommes sur lesquels il n'avait aucune emprise. Souli supportait cette impuissance pour une seule raison : le talent de son assassin.

Six ans auparavant, Souli avait eu comme mission la protection d'un membre du gouvernement, fort menacé. Le peuple était en colère contre ce politicien car il était, avec d'autres, rendu responsable de la famine. Comme il leur réquisitionnait le peu qu'ils parvenaient à produire, les rares producteurs européens l'auraient volontier réduit en bouillie pour leur culture. Et sans compter les États du Nord qui désaprouvaient vigoureusement ses choix. Pour protéger cet homme aux multiples ennemis, Souli était aidé de trois camarades militaires. Ils étaient tous quatre sous les ordres d'un gradé avisé. Ils se relayaient jour et nuit, Souli pensait même qu'ils en faisaient trop. Cette nuit-là, Souli était de garde dans la chambre même de l'homme qu'il protégeait. Il était positionné de manière à avoir vue sur la porte et l'unique fenêtre, debout afin d'être plus réactif. De toute façon, la chambre était située au 5ème étage, et l'extérieur du bâtiment était protégé par un détecteur de mouvement. Souli veillait depuis bientôt 2h et allait être relayé : la nuit, les tours de garde étaient plus courts afin de conserver un maximum d'attention.

Il ne sut jamais comment l'Arme était entré.

Tout se passa très vite.

Un bruit détourna l'attention de Souli et l'instant d'après, le ninja blanc était au milieu de la chambre. Il était apparu tel un fantôme. Il portait une grande tunique blanche, un turban de la même couleur noué autour de la tête, ne laissait qu'une étroite fente pour les yeux. Derrière son épaule, un arc blanc dépassait.

Souli le mit en joue de son arme instantanément. Ils étaient trop proches et l'autre le désarma au moment où il commençait à appuyer sur la gâchette. À l'entraînement, personne n'était plus rapide que Souli. Même avec l'effet de surprise, Souli ne comprenait pas comment l'Arme avait été aussi vif. Souli voulu ensuite passer au combat à mains nues, comme il était expert en Taekwondo. Il décocha un violent coup de pied, que l'autre esquiva. Comme s'il savait exactement ce que Souli allait faire. Dans le même temps, Souli réalisa qu'il n'allait peut-être pas maîtriser l'intru seul et qu'il fallait donner l'alerte.

Il se souvient précisément de ce moment où il prit son inspiration et ouvrit la bouche.

Comme dans un rêve, lorsqu'un instant dure des heures.

Puis c'est le black out.

Il n'a jamais crié.

Lorsqu'il revint à lui, l'Arme avait disparu, depuis longtemps sans doute, et le cadavre de l'homme qu'il protégeait s'était vidé de son sang par la profonde entaille qu'il avait à la gorge.

Souli était évidemment très énervé par ce cuisant échec et participa activement à l'enquête. Ils ne retrouvèrent pas le commanditaire. En revanche, l'executant était connu. Celui qu'il décrivit comme le ninja blanc était un assassin indépendant, qui n'avait jamais manqué sa cible.

Des années plus tard, lorsqu'il constitua sa garde, Souli se souvint de ce cuisant échec. Il ne fut pas très dur de retrouver l'assassin pour lui proposer de travailler pour lui.

— Quand et où ? finit par répondre l'Arme.

Souli considéra que c'était un oui. Comme d'habitude, l'Arme ne se souciait pas de savoir de qui il s'agissait, et encore moins pourquoi. Le premier conseiller appréciait cette discrétion à sa juste valeur.

Chapitre 17

Froide soirée

Héliport, 14 avril 2120

Il fait un froid terrible et la neige s'immisce dans les moindres recoins avec les rafales de vent. Il était arrivé à l'héliport. Son véhicule était en contrebas, les hauteurs sur lesquelles se trouvaient l'aire d'atterrissage n'étant accessibles qu'à pied.

Il était pressé de retrouver sa douce. D'autant plus qu'il avait pris sa décision et qu'il avait hâte de la mettre à exécution.

Depuis bientôt sept mois, il vivait dans la peur. N'avoir aucun signe de vie de Souli était encore pire. Caïn savait très bien qu'il ne les avait pas oubliés et qu'il préparait quelque chose. Caïn était même étonné que son frère n'ait pas fait quelques menaces de manière plus directe à Élia, histoire de lui faire vraiment peur.

En tout cas, il avait décidé de ne pas tenter le Diable plus longtemps, et de partir avec Élia chez elle, quelques temps au moins. Elle n'allait pas être facile à convaincre, mais Caïn n'en avait cure. Élia prenait les Walipinis tellement à cœur... Caïn lui rappelerait qu'elle avait été un très bon professeur et que les serres étaient parfaitement autonomes désormais.

Il repensait encore au regard déterminé de Souli lors de leur dispute au lendemain du mariage de son frère.

Ce regard exprimait une telle haine.

Non vraiment, il leur fallait partir.

Maintenant.

La tempête n'allait pas faciliter la tâche au pilote automatique du dirigeable, heureusement les dispositifs de stabilisation étaient tellement performants que les appareils pouvaient se poser de tout temps. Caïn se tenait à distance, dans un abri le protégeant du vent mais pas du froid. L'endroit était désert. Le mauvais temps et la nuit tombée réduisaient la visibilité et c'est au dernier moment, lors de la procédure d'atterrissage, que Caïn aperçu le dirigeable d'Élia arrivant.

Il sortit de son abri pour se diriger vers l'élue de son cœur, luttant contre le vent.

L'action se passa alors au ralenti.

Tandis que Caïn regarde l'appareil se poser, il détecte un mouvement sur la droite. De grosses masses neigeuses semblent s'élever du sol. Il est encore loin et ne distingue pas bien. Lorsqu'ils balancent leur cape blanche de cammouflage, Caïn comprend qu'il s'agit de deux hommes. L'un des deux est clairement un militaire et habillé comme tel. Caïn ne distingue pas bien le second, plus en retrait et tout en blanc. Celui-là se confond encore avec la neige.

Élia est déjà descendue du dirigeable et lui fait signe. Elle n'a pas vu les deux hommes, cachés par le dirigeable. Caïn veut lui faire comprendre à renfort de grands gestes de retourner dans l'appareil.

Trop tard.

La première des deux silhouettes, la plus massive, est sur Élia, tandis que l'autre ne bouge pas et regarde dans la direction de Caïn. Élia crie et essaye de s'échapper. Sans aucun succès.

Caïn se met à courir, nul doute que le deuxième homme l'a vu. Il court aussi vite qu'il peut vers celle qu'il aime.

Il ne veut pas croire à ce qu'il voit.

Le militaire décoche lourdement un puissant coup de poing qui met à terre Élia. Malgré la faible visibilité, Caïn jurerait avoir vu une gerbe de sang partir de la tête de sa femme.

Elle est à genou. Elle ne crie plus. Elle lève faiblement un bras pour tenter de se protéger.

Il peut y arriver, il peut l'atteindre et la sauver. Ses poumons sont sur le point d'exploser, pourtant il accélère encore.

Soudain, Caïn sent une douleur fulgurante dans le genou. Il tombe violemment, emporté par sa vitesse. Il ne cherche pas à comprendre et essaye de se rélever aussitôt. Sa jambe droite ne répond plus. Caïn se décide à quitter Élia des yeux et constate qu'une flèche transperce son genou. Toujours à terre, la douleur à présent reléguée au second plan, Caïn redresse la tête.

Son archer est bien le deuxième homme, quelques pas plus loin qu'Élia et le militaire. Solidement campé sur ses jambes, son bras gauche semble prêt à sortir une nouvelle flèche de son carquois alors que son bras droit, tenant l'arc, revient le long du corps. Il regarde dans la direction de Caïn. Malgré la distance, Caïn le reconnait et est à nouveau glacé par ce regard bleu. Il se souvient comme si c'était hier de l'oppression qu'il avait ressenti la première fois qu'ils s'étaient croisés, presque de l'effroi. Ce tueur qui sortait de chez son frère lui avait fait dresser les poils de la nuque.

Non loin du ninja blanc, entre ce dernier et Caïn, se trouvent Élia et son tortionnaire. Il continue d'abattre mécaniquement ses deux poings tour à tour sur la tête d'Élia, désormais allongée au sol, recroquevillée en chien de fusil.

Caïn est désespéré.

Il ne peut plus rien faire.

Lorsque l'horrible individu commence à asséner des coups de pieds, l'archer intervient pour l'écarter brusquement. Il n'a pas l'air d'accord avec sa façon de procéder. L'agresseur d'Élia essaye de revenir à la charge. L'homme en blanc l'en empêche et le neutralise facilement. Caïn n'en croit pas ses yeux : l'énorme masse du militaire s'effondre d'un coup, telle une poupée désarticulée.

Un instant l'espoir renaît...

L'homme en blanc sort un couteau.

Est-ce pour achever le militaire ?

Non, ce n'est pas pour le militaire. Il s'agenouille auprès d'Élia. Il la saisit avec douceur et la met sur le dos. Élia se débat faiblement.

Caïn fixe la scène, paralysé.

Que fait-il ?

L'homme en blanc approche son couteau de la gorge de la jeune femme.

Un coup sec.

Élia a fini de souffrir.

Tandis que le premier homme est toujours à terre, le ninja blanc se relève et se tourne vers Caïn. Pas de doute, Souli a commandité le meutre d'Élia et envoyé son si efficace homme de main secret, celui qui s'occupe de toutes les tâches inavouables.

L'esprit de Caïn est déjà parti, au moment où le sang d'Élia sortait de sa carotide. Il ne ressent ni douleur ni peine.

Il attend.

Il attend la mort.

Il ne croit pas dans la vie après la mort et sait qu'il ne va pas retrouver Élia, il veut juste en finir. Il n'a pas la force de se battre, pas sans elle.

Maintenant, il n'est plus terrorisé par le regard du ninja.

Il le soutient sans frémir. Et à vrai dire, il semble à Caïn que l'homme en blanc le regarde avec une sorte d'empathie. Rien à voir avec le regard perçant qui l'avait transpercé la première fois.

Ou peut-être est-ce simplement l'état d'esprit de Caïn qui change sa perception.

Caïn n'a plus rien à perdre.

L'homme de main reprend son arc en main, et y ajuste une flèche. L'arc comme le projectile sont d'un beau blanc nacré.

Caïn ne le quitte pas des yeux et essaye de se redresser. Il veut mourir debout. Il constate qu'il a dû saigner car du rouge macule la neige sous lui.

Le ninja blanc a bandé son arc, parfaitement orienté vers sa cible.

Caïn ne bouge pas malgré sa jambe qui tremble.

Ces secondes paraissent des heures.

Qu'attend le tueur ?

Caïn a l'impression de voir son bras trembler.

Le temps lui paraît infini.

Enfin l'archer lâche sa flèche. Caïn ressent une chaleur du côté gauche du cou.

Puis c'est le noir.

Chapitre 18

Les règles du jeu

QG de la résistance, 4 mars 2129

▼Attentat d'Elia
▼L'Arme entre en jeu
▼Dispute entre Caïn et Souli
▼Mariage de Mya et Souli   ▼Poste avancé
▼Garde rapprochée   ▼Avan prend le départ
▼Le Traité de Gestion des Ressources   ▼La femme idéale

2115   2130
▼2129

Après avoir expliqué à Natacha le contexte politique actuel, et l'extrême danger que représentait Souli, Avan avait laissé à Natacha un peu de temps pour s'habiller et manger. Enfin essayer. Natacha, très énervée, n'avait pas touché au plateau repas. Ils avaient ensuite quitté la chambre pour une pièce toute aussi nue, où Abel devait les rejoindre.

Natacha, en marchant, réfléchissait à une évasion éventuelle. Elle ne savait pas où elle irait mais elle voulait reprendre le contrôle. Malheureusement, ni sa chambre ni l'étroit couloir qu'ils empruntèrent ne recellaient de sortie potentielle.

Quant à la pièce où ils attendaient le chef de la résistance, Natacha avait repérée une autre porte que celle par laquelle ils étaient entrés. Cependant l'amoncellement de matériel électronique en tout genre la rendait difficilement praticable.

Sans compter qu'il y avait de bonnes chances que cette porte ouvre simplement sur un malheureux placard. Le sentiment d'être complètement prise au piège n'aida pas Natacha à se détendre.

Avan aurait souhaité s'entretenir avec Abel avant que celui-ci ne rencontre Natacha, cependant il ne voulait pas laisser Natacha seule. Elle avait fait preuve de calme et d'attention pendant toutes les explications d'Avan, puis elle avait laissé exploser sa colère et sa frustration d'avoir été manipulée. Avan avait refusé de lui dire ce qu'ils attendaient d'elle, estimant qu'il revenait à Abel de lui exposer son plan. Il fallait que le chef de la résistance lui explique lui-même qu'elle était leur seul espoir. Sans compter qu'il faudrait bien tout le charisme d'Abel pour convaincre Natacha.

Elle était là, tournant comme un animal en cage, guettant la porte lorsqu'enfin il entra dans la pièce. Le rouge aux joues, des éclairs dans les yeux, elle se jeta sur lui et lui lança :
— Abel je présume ?
— Oui, Natacha, enchan...
— Moi pas, le coupa-t-elle. Je ne suis certainement pas enchantée de faire votre connaissance, et encore moins d'être ici, ou devrais-je dire, d'être "maintenant". Comment pouvez-vous vous permettre de bousculer ma vie pour vos problèmes politiques qui, non seulement me dépassent, mais ne me concernent pas !
Trop occupée à l'invectiver, elle ne vit pas qu'Abel la détaillait de la tête aux pieds. Elle s'était plantée tout près de lui et réussissait l'exploit de le toiser du regard alors qu'il la dominait de son mètre quatre vingt.

Abel reprima un sourire et reprit aussi calmement que Natacha était hors d'elle :
— Écoute-moi, Natacha.
Et décidemment cette manie de tutoyer ! se dit Natacha.

— Avan t'a expliqué dans quelle impasse politique nous sommes...

— Et bien justement je ne vois vraiment pas ce que je viens faire là-dedans ! Qu'est-ce j'y peux, moi, si un débile veut s'accaparer toutes les ressources ! C'est toujours comme ça de toute façon. Et vous l'avez laissé prendre le pouvoir ! C'est pas comme si c'était la première fois de l'Histoire qu'un illuminé pense savoir mieux que les autres ce qui est bon pour le monde.

— ... et je vais t'expliquer ce que nous attendons de toi, reprit Abel, impassible. Tu es notre seul espoir Natacha. Nous ne pouvons ni ne voulons te forcer. Si tu ne veux pas nous aider, nous te renverrons chez toi, tu reprendras ta vie comme si rien ne s'était passé, pendant que nous mourrons ici et que la planète ira rapidemment à sa perte.

— Le chantage ne marche pas avec moi, lança Natacha.

Elle marqua un temps d'arrêt puis reprit.

— Puisque je suis là, et que vous prétendez me donner le choix, je vous écoute quand même.

Natacha était toujours fâchée, mais la curiosité était plus forte.

— Tu l'as compris, nous devons absolument détourner Souli du pouvoir. Le tuer aujourd'hui est très compliqué, il est extrèmement méfiant. De toute façon, sa mort ne résoudrait plus grand chose. Il a déjà été trop loin. Le point de non retour est franchi.

Natacha se retint de le couper une fois de plus et garda pour elle que la solution miracle tardait à être exposée. Elle ne voyait absolument pas où il voulait en venir.

— En fait, tu sais déjà ce que tu peux faire pour nous, Natacha. Et tu as déjà accepté.

— Y'a pas à dire, dès que vous prenez la peine d'expliquer, ça devient limpide. Sachez que derrière un abord très avenant, j'ai en fait une patience très limitée. Arrêtez donc vos effets de manches et dites-moi ce que vous voulez.

Abel avait l'air amusé malgré l'enjeu de la situation.

— Tu te souviens du prétexte que nous avons utilisé pour te faire venir ici ?

— Je ne suis pas à proprement parlé venue ici, puisque je ne suis pas là de mon plein gré. De quel prétexte parlez-vous ?

La fin de sa phrase mourut dans sa bouche. Natacha réfléchissait.

Ses yeux quittèrent Abel pour Avan. Avan. Qu'elle a connu sous le nom d'Antoine.

L'émission télé.

La séductrice du Diable.

Oh la vache.

Elle dut prendre appui sur le mur.

Abel l'observait pendant qu'elle mettait en place les pièces du puzzle. La bouche de Natacha était entrouverte sous l'effet de la surprise. Pour la première fois depuis qu'elle était réveillée, et alors qu'elle avait mille questions, elle était sans voix.

Elle finit par se reprendre.

— Vous voulez que je le séduise ? Pourquoi ça ? Puisque vous disposez du voyage dans le temps, pourquoi ne pas aller le tuer dans votre passé s'il est trop tard aujourd'hui ?

— Le voyage dans le temps est soumis à de nombreuses règles pour éviter les paradoxes, il est notamment formellement exclu de tuer. Il serait alors impossible de calculer ou maîtriser tous les impacts. Il faut induire le moins de changements possible dans les évènements.

— Question changement, influer sur la situation politique du monde c'est pas complètement anodin !

Natacha réfléchit à voix haute.

— Les conséquences des choix peuvent mettre du temps à arriver. Et une fois qu'elles sont là, il est trop tard pour y remédier, comme vous l'avez dit. Je suppose donc que vous allez me demander d'agir dans le passé ?

— Tu comprends vite. Tu vas agir dans notre passé, qui est ton futur. Il nous faut changer le cours de l'Histoire.

Avec notre plan, l'impact est maîtrisé, le changement est bien moins radical qu'une vie en moins. Tu dois savoir que cette solution s'appuie sur les résultats d'un algorithme d'intelligence artificielle très puissant, qui calcule les conséquences d'une modification dans le passé sur le cours des évenements qui déterminent notre présent. En l'occurence, si la montée en puissance de Souli est ralentie en 2123, cela peut tout changer. Le détourner de son objectif au bon moment peut tout faire basculer. Un battement de cils en 2123, et 2129 est transformée.

— Il y a comme de l'incertitude dans vos propos. Vous parlez à une matheuse comme vous savez, puis-je vous demander l'indice de confiance fourni par votre fabuleux algorithme ?

— Il ne faut pas raisonner comme cela. Abel parut pour la première fois moins sûr de lui. En fait, nous ne nous sommes pas vraiment occupé de l'indice de confiance...

— Tiens donc ?

— ...dans la mesure où notre algorithme n'a pas été en mesure de nous proposer une autre solution. La probabilité que notre seule alternative soit la meilleure est donc de 1.

— Voilà qui est parfaitement rassurant. Et pourquoi moi ? Un coup de votre super algo encore ?

— Ce n'est pas le même algorithme, mais en effet, c'est un programme de calcul de compatibilité qui a permis de te trouver. Nous connaissons très bien la personnalité de Souli. Nous avons recherché parmi les contemporaines de 2123 une femme susceptible de lui plaire, en vain. Nous avons donc élargi nos recherches dans le temps. Et tu es la candidate idéale Natacha.

Natacha vit tout l'espoir dans les yeux sombres d'Abel. Le moment était intense et elle pouvait mesurer à quel point il comptait sur elle.

— Je suis idéale à quel point ? Nul doute que vous ayiez une petite stat à me donner, interrogea Natacha ironiquement. Abel se serait bien passé de lui donner le chiffre. Évidemment elle ne se laissait pas endormir comme ça.

— Hum. Tu es à 71% compatible avec ses goûts.

— Et 29% à côté de la plaque donc.

— Tu aimes les défis. Tu seras dûment formée, nous t'expliquerons la psychologie de Souli, tu connaîtras ses points faibles, tu sauras exactement comment procéder.

— Se mettre dans les pattes du plus grand despote de moment, responsable d'un bon paquet de mort atroces d'après ce que vous m'avez raconté, c'est un chouette défi en effet. Quant à ses points faibles, le portrait qu'Antoine-Avan-chose m'a dressé n'en fait pas état.

Abel jeta un coup d'œil reprobateur à Avan, qui assistait à la conversation avec détachement. Avan répondit par un haussement de sourcil indifférent. Il avait dû raconter quelques horreurs à Natacha. Il fallait bien lui décrire le personnage, et surtout le désespoir de leur situation.

— Et il se passe quoi dans mon présent pendant que je tente un rapprochement avec le tortionnaire ?

— Tout sera transparent pour toi et tes proches en 2012. Aussitôt ta mission accomplie, nous te renverrons en 2012 à la date prévue de ton retour de l'émission télé. Même si le voyage dans le temps n'est pas précis au jour près, il ne sera pas difficile d'ajuster le scénario. Ce sera comme si rien ne s'était passé. Seule toi auras vieilli un peu plus.

Natacha réfléchissait intensément.

— Il ne tient pas debout votre plan. Cette émission télé ne sera jamais diffusée, alors que j'en ai parlé à mon frère, qui s'attend à me voir à la télé !

— Nous y avons pensé. Tu prétexteras un procès d'une future mariée déçue et en colère qui aura réussi à interdire la diffusion. Nous te donnerons un scénario et les preuves qui vont avec pour ton retour.

— Ouais. C'est certes la partie facile. Et relativement maîtrisée, contrairement à la "mission" que vous me proposez, ou m'imposez, c'est selon.

Natacha regardait fixement Abel dans les yeux. Elle exprimait la colère, le défi, et la peur aussi. Sa poitrine se soulevait au rythme soutenu de sa respiration, sous l'effet de l'émotion.

— Natacha...

Abel était bien trop digne et maître de lui pour être suppliant, pourtant Natacha sentit une certaine appréhension dans son ton. Elle trancha :

— Donnez-moi 1h pour réfléchir. Seule.

Abel et Avan optempérèrent et sortirent de la pièce.

Natacha regarda la porte se fermer.

En fait, elle avait déjà pris sa décision.

Chapitre 19

Terrible nouvelle

Villa de Kalor, 16 avril 2120

L'Arme ferma sans bruit la porte derrière lui. Il n'était pas rentré directement après la mission, quelque chose le retenait. Le besoin de réfléchir. Cette mission l'avait perturbé, lui qui d'ordinaire éprouvait autant d'émotion qu'une pierre. L'Arme ne savait pas encore quoi penser de tout cela. Ce qu'il savait, c'est que ça lui posait question, il était perturbé et il avait besoin de temps. Et le fait d'être perturbé était complètement nouveau. Plutôt dérangeant dans son métier.

Il était devenu l'homme de main de Souli parce qu'il fallait gagner sa vie, et que c'était confortable de ne pas attendre après les contrats. Tuer était ce qu'il faisait de mieux. La vie le lui avait appris très tôt. Elle ne lui avait d'ailleurs fait que ce don comme cadeau. Pour le reste, elle s'était acharnée à annihiler toute sorte de sentiment chez lui.

Il était indifférent à tout. Jusque-là.

Sans émotion, tuer était aussi simple pour lui que de conduire une voiture pour d'autres. Jusque-là.

Bien qu'il ne fut pas sûr que ce soit une vraie émotion, le simple fait d'y réfléchir l'avait amené à prendre une décision : il allait arrêter de tuer pour l'instant. Et lorsque l'Arme décidait quelque chose, comme il estimait n'avoir de compte à rendre à personne, il allait juste remballer ses petites affaires, prendre le soin de ne croiser personne, et partir dans un endroit où le meilleur limier ne le trouverait jamais.

Emballer ses effets n'avait pas pris de temps, l'Arme n'avait rien du sédentaire.

Il avait eu un soin particulier pour Fujin[1]. L'Arme ne s'attachait à rien, surtout pas à du matériel, sauf à son arc. Il l'avait fabriqué lui-même, selon des techniques ancestrales qu'il avait eu la chance d'apprendre, et en prenait grand soin. Fujin était parfaitement adapté à la technique de tir personnelle de l'Arme, léger et puissant.

Avant de partir avec son sac, il avait quelqu'un à voir. C'était risqué, il ne devrait pas prendre le risque d'être vu, mais il y tenait.

Il passa aux toilettes et s'assura qu'il n'y avait personne.

Avec des gestes précis, il défit son turban et révèla son visage.

Il glissa le large pan de tissu avec le reste de sa tenue blanche dans un petit sac.

Il était désormais habillé en civil, comme à chaque fois qu'il voulait la voir.

Elle seule le voyait tel qu'il était.

Toute la noirceur qui l'habitait s'effaçait lorsqu'il se dévêtait de sa tunique immaculée pour lui rendre visite.

Lui seul savait ce qu'elle vivait auprès de son mari, lui seul la comprenait. Lui seul l'aimait. Peu lui importait de ne pas être aimé en retour, il avait son amitié et il n'en voulait pas plus. Quelle magnifique émotion que d'aimer. Quelle victoire sur sa vie.

---

1. Référence au dieu du vent de la mythologie japonaise

Il frappa doucement à la chambre de Mya, où elle était consignée. Souli ne l'avait jamais clairement ordonné, pourtant Mya le craignait tellement que, insidieusement, elle se privait elle-même de ses libertés, dans l'espoir de lui déplaire le moins possible. Elle mit du temps à lui ouvrir, et le cœur de Larme se serra lorsqu'il constata qu'elle avait, encore, pleuré.

Bureau de Souli, 16 avril 2120

Les veines temporales de Souli étaient bien visibles, et battaient au rythme de son pouls élevé.

— J'aimerais bien savoir comment cet incapable a fait pour louper Caïn ! À dix mètres ! Ce n'est pas L'Arme qu'il faut l'appeler, c'est Canne Blanche ! Il n'a même pas les couilles de venir me l'expliquer. Il est introuvable ce déserteur.

— Il y avait une énorme tempête de neige ! C'est plutôt incroyable qu'il l'ait touché, justifia Limor. Et il est salement blessé quand même.

— Tu parles ! Le Docteur Haudès était soulagé de nous dire qu'il s'en sortirait. Et s'il survit, crois bien que la première pensée de notre frère sera pour moi. Il sait très bien qui a tué sa femme.

Souli allait continuer à s'énerver lorsqu'il reçu un appel.

— Allo ! aboya-t-il.

— Bonjour, Dr Haudes, je souhaite parler à M. le premier conseiller au sujet de son frère, Caïn.

— Bonjour Dr Haudes. Je vous en prie, annoncez-moi une bonne nouvelle, reprit Souli d'un ton beaucoup plus mielleux.

— M. le premier conseiller, je suis désolé. J'ai une terrible nouvelle. Je vous avais dit que la blessure à la tête de votre frère n'était pas mortelle, mais il semblerait qu'il y ait eu une complication. Votre frère a contracté une sépticémie fulgurante. Nous avons fait tout notre possible. Caïn n'a pas passé la nuit. Je suis sincérement désolé, Mr le premier conseiller.

— Oh non ! s'effrondra Souli.

— Mes plus sincères condoléances, monsieur.

Il marqua une petite pause, puis reprit d'un ton professionnel.

— Concernant les formalités, la famille de sa femme souhaite prendre en charge les funérailles. Ils souhaitent incinérer les époux ensemble avec votre accord, monsieur.

— Qu'ils fassent comme bon leur semble.

Souli raccrocha sèchement, fatigué de jouer la comédie. Son masque de tristesse disparut en un instant. Il se tourna vers son frère :

— Finalement nous n'aurons pas besoin de finir le travail, annonca Souli froidement.

Limor ne répondit pas, tout de même ému par le décès de son frère. Souli s'en agaça un peu.

— Oui, c'était notre frère, mais les liens du sang n'était rien pour lui. Il n'avait aucune considération pour nous. Seule sa foutue femme comptait. S'il avait survécu, il serait devenu gênant.

Maison de Kalor, 16 avril 2120

Lorsque Larme quitta Mya, il était perplexe. D'habitude, il avait le cœur léger et ne pensait plus qu'à la prochaine fois où il parviendrait à se glisser dans sa chambre. Aujourd'hui il y avait autre chose. Il repensait à nouveau à sa mission deux jours plus tôt. Cette femme n'était pourtant pas la première qu'il tuait. Au moment où il l'avait retournée pour dégager son cou, quelque chose d'inattendu s'était produit. Il supposa que c'était son visage déjà tuméfié des coups de l'autre abruti qui l'avait touché. Ou le regard de celle-ci.

Quelque chose en lui s'était réveillé.

Une sensation étrange.

Peut-être était-ce ce que les autres appelaient des sentiments.

Ce visage maltraité avait sans aucun doute évoqué celui de Mya.

Lorsqu'il avait achevé la victime, augmentant son palmarès d'assassinat déjà indénombrable, un changement s'était initié en lui.

Lorsqu'il s'était redressé pour s'occuper de la deuxième personne, Larme n'était déjà plus tout à fait le même homme.

Et lorsqu'il croisa son regard, la sensation continua de prendre de l'ampleur. Sa deuxième victime exprimait des choses familières pour L'Arme : désespoir, détermination, rage... L'assasin qui se faisait appeler L'Arme n'y prêtait pas attention.

Mais depuis qu'il connaissait Mya, L'Arme cédait parfois le pas à Larme, la minuscule part de sa personnalité capable de ressentir quelque chose. Il ne se souvenait pas de la dernière fois où il avait versé des larmes. En tout cas, ses pleurs correspondaient à la dernière fois où il avait ressenti une émotion, en l'occurence une profonde tristesse. Après cela, plus rien. Il était devenu imperméable à tout. Et avant-hier, pour la première fois depuis qu'il était assassin, l'émotion de sa victime l'avait touché.

Cet homme aurait fait n'importe quoi pour sauver celle qu'il aimait.

N'importe quoi.

Il aurait donné sa vie sans hésiter.

Larme commençait à comprendre.

Il avait, lui aussi, envie de faire quelque chose pour quelqu'un. Il voulait sortir une femme malheureuse de la vie morose qui la tuait à petit feu. Cette décision qu'il était en train de prendre n'était rien moins qu'anodine.

Il se mit à réfléchir pour la première fois au sens de sa vie, à ce qu'il en attendait. Pour la première fois, Larme se rêva un futur.

Chapitre 20

La résistance s'organise

Aux États du Nord, 19 octobre 2120

Incinérer Élia avait plongé Jade dans la mélancolie.

La cérémonie avait eu lieu dans le pays d'origine de la blonde volontaire. Jade avait tout organisé, peu aidée par les parents désespérés d'Élia. Le rappatriement du corps de Caïn avait posé un peu plus de difficulté, étant originaire du pays avec lequel les Nordistes étaient loin d'être en bon terme, et frère du premier conseiller. Les parents d'Élia, bien placés, avaient toutefois réussi à tirer les bonnes ficelles en mémoire de leur fille.

Ce 19 avril resterait gravé à jamais dans la mémoire de Jade.

L'émotion évidemment.

Mais pas seulement.

L'incinération conjointe des corps des deux amoureux avait eu lieu le 21 avril à 10h.

À 9h, tous les proches d'Élia étaient là, ainsi que de nombreuses personnalités du paysage politique Nordiste, à cause des circonstances du décés et de la position sociale de la famille de la défunte.

Jade avait cherché du regard la famille de Caïn. Il est vrai qu'il ne serait pas possible à ses amis de passer la frontière. Toutefois, cléments, les États du Nord avaient accordé tant bien que mal à la famille de Caïn deux jours de présence sur le territoire. Inutile de dire qu'ils comptaient surveiller Souli de près. Jade n'avait eu aucune nouvelle lorsqu'elle avait transmis la date et le lieu de la cérémonie, ainsi que les autorisations pour trois personnes, Souli, Mya et Limor.

À 9h15, le premier discours en mémoire d'Élia commença, donné par un ancien collègue. Jade avait interdit toute intervention à connotation politique. Les parents de Jade ne souhaitaient pas s'exprimer, et Stasya préférait rester en retrait aussi. Si l'émotion ne l'étreignait pas trop, Jade souhaitait dire également quelques mots sur Élia ainsi que pour Caïn. L'évocation de son amie la mit une fois de plus au bord des larmes. Elle respira profondément pour se donner du courage.

Lorsqu'elle se glissa derrière le pupitre, Souli et Limor étaient toujours aux abonnés absents. Connaissant les rapports de Caïn avec ses frères, Jade n'était pas plus étonnée que cela et commença à parler d'Élia.

Elle n'était pas particulièrement à l'aise en public, c'était son amitié qui la portait. Toujours émue par le discours précédent, elle renifla et essaya de retrouver ses esprits. Elle balaya l'assistance de ses yeux humides.

> — Je ne connais pas la plupart d'entre vous, et ne suis pas étonnée de voir combien Élia était aimée. Pour ceux qui ne me connaissent pas, je suis Jade et je ne connais Élia que depuis cinq ans. Nous avons travaillé ensemble et

j'ai pu découvrir quelle personne formidable elle était. La première fois que je l'ai vu...

Jade marqua une hésitation, ses yeux se remplissant de larmes avec l'afflux des souvenirs. Elle n'avait rien préparé, elle n'avait pas eu besoin, elle voulait juste parler de son amie et pour cela il suffisait de se rappeler de quelques-uns des nombreux bons moments.

Elle prit une inspiration.

— La première fois que je l'ai vu, c'était à Cassiopée. Une visite protocolaire de la responsable des Walipinis. Je m'apprêtais à recevoir quelqu'un de guindé qui allait me donner quelques ordres et s'en aller aussi sec. Vous qui la connaissez vous vous doutez qu'il en a été autrement. Elle est descendu de son dirigeable, luttant contre le vent violent qui l'avait déséquilibré.

Les larmes coulaient et pourtant Jade souriait.

— Elle a manqué de tomber sur la glace. Si elle avait voulu être digne c'était loupé. En fait, Élia n'avait que faire de la dignité. Elle s'est rattrapée et lorsqu'elle m'a vu elle m'a fait un grand sourire. En me serrant la main, elle m'a dit : "Heureusement que je n'ai pas mis mes talons aiguilles."

Jade s'interrompit à nouveau, essuyant son nez qui coulait et essayant de ne pas sangloter. Elle voulait continuer, il y avait tant de chose à dire. Elle voulait dire quelle femme merveilleuse elle était. Drôle. Gentille. Attentionnée. Intelligente et pas du tout condescendante.

Les larmes se tarissaient difficilement.

Alors qu'elle s'apprêtait à reprendre, elle distingua Limor au fond de la salle à travers le brouillard lacrymal. Il ne devait pas être là depuis longtemps. Pas de trace de Souli. Limor était accompagné de deux hommes que Jade ne connaissait pas. À leur mines, ils n'étaient pas là pour se recueillir. Jade se demandait comment ils étaient entrés sur le territoire, à l'évidence il s'agissait de gardes de Souli. Il avait dû trouver un moyen de détourner les autorisations au nom de lui et Mya. Que venaient faire ces deux affreux ici ?

Largement perturbée, Jade s'excusa et descendit de l'estrade. Elle se dirigea vers Limor, qu'elle n'avait pas revu depuis le décès d'Élia et Caïn. Jusque-là, elle ne l'avait jamais considéré autrement qu'en tant que fidèle exécutant de Souli. Il était son ombre, totalement sous l'emprise de ce frère autoritaire.

Aujourd'hui, Jade avait l'impression que Limor était sorti de cette ombre maléfique pour porter son deuil.

Jade voulait savoir si Souli était venu quand même, bien qu'elle se doutait de la réponse. Elle sécha ses joues d'un revers de la main et se dit qu'elle garderait pour elle sa réflexion sur la ponctualité.

— Bonjour Limor. Je te présente toutes mes condoléances pour ton frère. Souli n'est pas là ?

Jade n'avait pas l'énergie de prendre de pincettes et se rendit compte qu'elle était peut-être trop directe. Cependant, Limor semblait suffisamment touché pour ne pas se préoccuper des formulations.

— Merci Jade. Je suis aussi désolé pour Élia. Je sais que vous étiez proches. Non, Souli a malheureusement été retenu par ses fonctions.

— Qui sont tes... hum... amis ?

— Ce sont des gardes du corps. Souli a tenu à ce qu'ils m'accompagnent en territoire hostile.

— Hostile ?

Jade se contint difficilement. Hostiles ? Les États du Nord ? Qui se font agresser par la démocratie en continu ? La vache, ils ne manquent pas de culot. Elle décida que ce n'était pas le moment de discuter et changea de sujet.

— Si tu veux dire un mot pour Caïn, n'hésite pas. L'incinération a lieu à 10h, tu as le temps.

— Non merci Jade, je ne serais pas à l'aise ici pour évoquer la mémoire d'un Européen.

Limor la quitta avec une pression sur l'épaule, comme pour s'excuser. Il se rapprocha du cerceuil de son frère.

De l'autre côté de la pièce, les deux sbires étaient plantés là, le regard rivé sur Jade. Elle n'était pas femme à se laisser impressionner et les approcha d'un pas décidé.

— Je sais très bien qui vous envoie. Je ne sais pas comment Soûli a fait pour vous faire passer la frontière et je m'en fous. Je vous demande de quitter les lieux immédiatement, vous n'avez rien à faire ici. Nous souhaitons nous reccueillir en paix.

Ils ne bronchèrent pas. Elle aurait parlé à un pied de chaise qu'elle n'aurait pas obtenu plus de réaction. Elle décida qu'elle avait besoin de prendre l'air, et sortit de la salle en fusillant les deux gorilles du regard.

En fait d'air, Jade choisit de s'isoler aux toilettes plutôt que d'affronter les températures largements négatives à l'extérieur. Il n'y avait personne. Elle prit appui sur le bord des lavabos et leva les yeux vers son reflet dans le miroir. Une jolie métisse aux cheveux courts la regardait tristement. Élancée et sportive, elle dégageait beaucoup d'énergie et d'assurance ordinairement. Cependant aujourd'hui le deuil lui avait fait perdre de sa superbe. Le reflet se brouilla alors qu'elle laissa les larmes monter. Cela faisait du bien de pleurer. Il fallait prendre le temps, elle redeviendrait Jade la battante plus tard.

Les larmes coulaient doucement déformant son image et celle de la porte derrière elle. En apercevant la porte s'ouvrir, Jade voulut se resaisir. Elle n'aimait pas se montrer dans un état de faiblesse. Elle n'eut pas le temps, elle fut saisie par le cou et écrasée la face contre le mur à sa gauche par une main puissante. Sans avoir eut le temps de voir son agresseur, elle était pourtant certaine qu'il s'agissait d'un des deux sbires de Soûli. L'homme plaqua ses cent kilos de muscles contre elle. Jade était complètement immobilisée. Toutes ses techniques de combat ne pouvaient rien contre cette masse qui l'avait prise par surprise.

Elle respirait difficilement. Elle sentit son souffle dans son oreille. Il chuchota.

— Soûli sait que tu connais le rôle que tenait Élia.

Bien sûr qu'elle savait.

Élia disait tout à Jade, notamment son secret le mieux gardé, que son mari ne connaissait pas : son rôle dans la résistance. Son rôle de fondatrice et leader. Petit à petit, entre l'organisation d'actions, la coordination puis le recrutement de revoltés de toute l'Europe, son charisme et son intelligence avaient hissé Élia à la tête de l'organisation. Une organisation qui avait dérangé considérablement Souli.

Jade ne répondit pas, de toute façon elle ne pouvait pas vraiment parler, écrasée comme elle l'était.

— Laisse la résistance mourir avec elle, sinon tu subiras le même sort. Ou peut-être seras-tu plus chanceuse, ajouta-t-il en se serrant davantage contre elle. Peut-être que tu auras la chance que je m'amuse avec toi avant de te tuer.

Toujours fermement maintenue par le cou, elle sentit la deuxième main de l'homme saisir son entre-jambe.

Il pinca violemment.

Un cri mourut dans sa gorge étranglée.

Il la retourna face à lui.

Il était vraiment repoussant.

— Le message est clair ?

Le ton imposait une réponse, et la raison l'emporta sur la fierté.

— Oui, réussit-elle à souffler.

Il relâcha son étreinte et fit signe à son collègue de sortir avec lui. Jade se laissa glisser à genoux, ses jambes ne la portaient plus.

Si elle avait eu besoin d'une motivation supplémentaire, c'était exactement ce qu'il fallait faire. Bien sûr que le mouvement ne finirait pas avec Élia. Jade allait juste attendre que la vigilance de Souli s'endorme. Puis elle ferait tout ce qui est en son pouvoir pour l'empêcher de nuire.

Quoiqu'il lui en coûte.

Jade n'avait pas eu le loisir de s'appesantir sur son deuil. Naturellement, à cause de sa proximité avec Élia, et de son rôle prépondérant dans l'organisation, elle était la plus indiquée pour prendre la succession d'Élia. Suite aux menaces reçues aux funérailles, Jade avait fait profil bas, et enjoint ses camarades à se faire oublier pour un temps. Les semaines avaient passé, et alors que les raids dans le Nord s'intensifiaient, la vigilance de Souli s'était relâchée. Et si Jade était sûre d'une chose, c'est qu'elle ne souhaitait pas que le mouvement mourût avec son amie. La résistance devait reprendre vie, tous les membres de l'organisation n'attendaient qu'une chose : le "go" d'un nouveau chef.

L'attente avait assez durée.

Parmi les résistants, seules deux personnes avaient les connaissances suffisantes du travail d'Élia et des enjeux politiques pour reprendre sa place. La première était Jade, qui accompagnait son amie au quotidien. Toutefois, Jade ne se sentait pas l'étoffe d'un leader. Elle préférait agir dans l'ombre, plutôt que coordonner, organiser et prendre des décisions.

La deuxième ayant la motivation et l'investissement nécessaire était Stasya. Mais Stasya était occupée sur tous les fronts : dans l'ombre, elle résistait de toutes ses forces, protégeant autant que possible la ZFL de la RRAS et officiellement elle souhaitait se désolidariser de la Démocratie Européenne. Elle souhaitait que la ZFL soit vraiment indépendante, ce qui la mettrait dans une position toute autre vis à vis des États du Nord. Bien entendu Souli ne l'entendait pas de cette oreille. Il lui avait tout d'abord ri au nez, puis avait sauté sur le prétexte pour intensifier les raids de la RRAS. Il faut dire que Stasya avait bien peu d'éléments à mettre dans la balance, à part le soutien des États du Nord qui avaient tout intérêt à ce qu'une zone "libre" se trouve entre eux et Souli.

Stasya ne pouvait pas poursuivre le travail d'Élia.

Jade ne pensait pas avoir les épaules, Stasya était retenue par d'autres fonctions...

Jade devait trouver une autre solution.

Quelqu'un n'appartenant pas encore à l'organisation.

Quelqu'un qui connaissait bien Souli.

Quelqu'un qui ne partageait pas ses opinions.

Cette personne assumerait le rôle de chef de l'organisation. Sa connaissance de la politique et en particulier des méthodes du premier conseiller était un atout inestimable. Et il avait une telle rage de vaincre Souli en lui. Si cette colère avait été longtemps maîtrisée, les récents agissements de Souli l'avait libéré.

Il faudrait le convaincre et s'assurer de sa loyauté. C'était forcément un risque d'introduire quelqu'un d'extérieur à l'organisation. Surtout pour le mettre à la tête. C'était un gros coup de poker, un quitte ou double qui rapporterait très gros si tout se passait bien. De toute façon, ils n'avaient plus grand chose à perdre.

Jade était décidée, aidée en cela par les menaces du jour, elle lui parlerait ce soir. Et s'il réagissait comme elle l'espérait, elle lui dirait tout de l'organisation, tout ce qu'elle savait. Elle n'avait pas besoin de lui présenter les membres, moins le visage du nouveau leader serait connu, mieux ce serait pour tous. Les résistants lui feront confiance s'ils savent que Jade l'a choisi.

Aujourd'hui, la résistance aurait un nouveau chef ou ne serait plus.

Chapitre 21

Joueuse ?

Une heure c'est très long quand on attend. Abel avait failli plusieurs fois revenir dans la salle plus tôt sachant que Natacha n'avait pas de montre. Comme il n'arrivait pas à décider ce qui était le plus en sa faveur, entre lui laisser plus de temps ou moins de temps pour prendre la décision, il avait attendu précisément une heure. En rentrant dans la salle, il éprouvait le stress d'un étudiant se présentant à un examen. Lui, le chef de la résistance, avoir les mains moites et des palpitations. Un comble.

Il posa un regard durci par l'enjeu sur Natacha. Il ne parla pas. Il attendit.
Natacha, qu'il avait laissé déterminée, paraissait impressionnée

pour son attitude.

— C'est d'accord, dit Natacha, rompant le silence pesant.

Abel ne put retenir un soupir de soulagement.

Ce n'était pas perdu, même si c'était loin d'être gagné. Il allait entièrement consacrer les semaines suivantes à former Natacha.

Le temps était compté. La situation se dégradait de plus en plus vite ici. Chaque jour, les espions de Souli se rappochaient. Il aurait fallu plus d'un mois pour que Natacha soit parfaitement à l'aise en 2123. Le programme réduit au strict minimum tenait en trois semaines, ils devraient s'en contenter. Le départ était prévu le 25 mars.

Abel comptait sur l'intelligence de son arme secrète pour apprendre sur le tas et se fondre dans la masse.

— Merci Natacha.

Le regard intense d'Abel exprimait une gratitude sincère. Natacha ne trouva rien à répondre et hocha simplement la tête.

— Nous n'avons pas de temps à perdre, reprit-il. Nous allons commencer ta formation tout de suite. Il faut que tu puisses partir dans trois semaines. J'aime autant te prévenir, ça va être intense. Je vais te parler de notre époque, du mode de vie, de l'actualité et tout ce que tu as besoin de savoir pour ne pas te faire remarquer. Il te faudra aussi apprendre ta nouvelle identité qui te permettra de t'approcher de Souli. Et je te dirais ce que tu dois savoir de la psychologie de Souli, cela devrait t'aider à mener à bien ta mission.

En revanche, je ne te dirais pas tout de l'atroce homme qu'il est, au risque que tu changes d'avis, ajouta Abel pour lui-même. Les omissions ne sont pas de vrais mensonges, si ?

— Du coup commençons par ma nouvelle identité, histoire que je m'en imprègne au maximum.

— Oui. Nous t'avons trouvé un moyen de te rapprocher de Souli sans éveiller de soupçon. Et qui ne te demandera pas beaucoup d'apprentissage... puisque tu vas simplement excercer tes talents.

— Prof ?

Natacha ne comprenait pas bien comment son métier pouvait servir de couverture. Elle fronça les sourcils.

— Non.

L'atmosphère s'était détendue, Abel avait envie de la taquiner.

— Le sport ?

— Non.

Il ne put retenir un demi-sourire à la voir ainsi réfléchir.

En effet, Natacha était intriguée. Intriguée par le rôle qu'ils allaient lui donner, certes. Et encore plus intriguée par Abel.

En peu de temps, il lui avait montré des facettes différentes de sa personnalité. En stratège convaincu, en homme inquiet, en chef résolu, et le voilà malicieux à présent.

Elle se rendit compte que toute à ses interrogations, elle l'avait à peine regardé. Elle avait simplement remarqué une légère claudication lorsqu'il était entré dans la pièce. La colère passée, elle prenait enfin le temps de découvrir l'homme qui se tenait devant elle. Ses traits étaient réguliers, il était grand, musclé, charismatique. Ses yeux marrons foncés dégageaient l'intelligence et la détermination. Le catogan couvrant ses oreilles et réunissant ses épais cheveux brun surprenait. Ah bon, on est vraiment dans le futur ? Cela dit, cette coiffure lui allait très bien.

Natacha le trouvait très séduisant.

Leurs regards se croisèrent. Natacha prit conscience qu'elle l'avait littéralement détaillé de la tête aux pieds, de toute évidence fort peu discrètement.

Elle ordonna à la prédatrice sensuelle en elle, qui venait de jauger le mâle sous ses yeux, de rentrer dans sa tanière. Un peu de tenue que Diable, ce n'est pas le moment.

Il lui rendait son regard, yeux dans les yeux.

Elle détourna la tête, pour une fois gênée par le regard d'un homme.

— Alors quel talent caché comptez-vous me faire utiliser ? reprit-elle cherchant à retrouver une contenance.

— Pas la patience en tout cas, s'amusa Abel. Que fais-tu à tes heures perdues, à part le sport ?

Boire un coup avec des amies ? Une balade en moto ? Geeker ? Soudain la lumière se fit. Ils savaient donc ça aussi.

— Ma vie n'a donc aucun secret pour vous, lanca-t-elle un peu sèchement.

— Nous savons effectivement que tu t'excerces en cryptologie sur des données sensibles très confidentielles. Nous savons aussi que tu ne le fais que par goût du défi, pas à des fins illégales, répondit Abel, amusé de la gêne de Natacha.

— D'accord mais c'est un domaine qui évolue, surtout en cas de guerre. Je ne doute pas que dans le futur il y ait des algorithmes très efficaces qui je ne connaisse pas ?

— Nous t'expliquerons les quelques avancées en la matière, ce n'est pas le plus important. Tu sauras de quoi tu parles, tu feras parfaitement illusion dans le service d'espionnage de Souli le temps de le rencontrer.

— Ah oui, le service d'espionnage ! Voilà une idée qu'elle est bonne. Dans la gueule du loup. Vous voulez pas me filer une peau de mouton et une poignée d'herbe à mâchonner, tant que vous y êtes ?

— Ne t'inquiète pas, tu seras très bien. C'est la couverture idéale, au plus près de lui pour le rencontrer naturellement, sans qu'il ne se méfie.

Natacha fit la moue. Au fond, elle était terriblement excitée. Elle qui aimait les défis, qui cherchait l'ivresse de l'adrénaline par différents moyens, elle allait être servie.

Chapitre 22

Sous étroite surveillance

Bureau de Souli, 21 octobre 2120

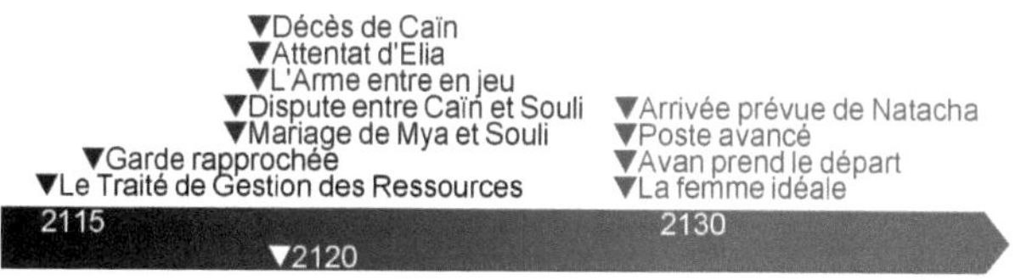

Limor rentrait dans le bureau de son frère. Il l'adorait et l'admirait beaucoup. Son frère avait réussi, Limor essayait de lui ressembler, Souli était un exemple pour lui. Il pensait avoir plus de points communs avec Souli qu'il n'en avait avec Caïn, se sentait plus proche. Pourtant... Lorsqu'il pensait à son frère disparu, le coeur de Limor se serrait. Il lui manquait. Au-delà de cela, l'assassinat de Caïn par son propre frère avait choqué Limor. Évidemment Souli maintenait qu'il n'avait rien commandité, seulement le meurtre d'Élia, Caïn n'était qu'un dégât collatéral. Pour une fois, Limor ne pouvait pas se convaincre d'être dupe. Malgré l'admiration qui l'aveuglait, il commençait à prendre du recul. Que penser objectivement de Souli en faisant abstraction des liens du sang ? Quels intérêts défendait-il ? Quels sacrifices ferait-il en leurs noms ? Qui était vraiment le premier conseiller ?

Limor devait lui raconter la cérémonie, Souli voulait savoir dans quel état d'esprit était Jade. Durant le voyage retour, il avait beaucoup réfléchi à comment présenter les choses.

— Jade est effondrée par la perte de son amie. Elle sait sans aucun doute que tu es derrière tout ça, elle a très peur de toi. Sans compter la démonstration de force que tu as voulu lui faire subir, c'est évident qu'elle ne bougera pas après ça. Elle n'a de toute façon pas les épaules pour reprendre, elle ne prendra pas de risque. Elle a enterré son amie et se tiendra bien à l'écart de toute action politique.

— Limor, tu as toujours été un naïf. Tu fais trop confiance. Nous ne pouvons pas prendre ce genre de risque. Je ne veux pas que ces rats aient une chance de se relever. Nous n'avons rien à perdre à l'éliminer. Tuons-la, et n'en parlons plus.

Limor hésitait. Il avait anticipé cette discussion, son frère réagissait exactement comme prévu. Il allait pour la première fois donner son opinion et devoir l'argumenter. Il devait pour la première fois s'opposer à son frère. Il ne pouvait pas laisser Souli tuer Jade.

Jusque-là, il avait fait tout ce que Souli demandait sans jamais la moindre remise en question, parfois même sans savoir pourquoi. Il avait fait du chantage pour lui, organisé des assassinats pour lui.

À peine osait-il quelques suggestions parfois. Oui, son frère lui faisait peur. Il en avait conscience maintenant.

Pourtant, aujourd'hui il ne se tairait pas. Limor connaissait à peine Jade. Il l'avait croisée plusieurs fois et n'avait eu l'occasion de lui parler que deux fois. La première, elle était chez Élia et Caïn. Il était arrivé alors que les deux femmes étaient dans une conversation animée sur les Walipinis. Il avait trouvé Jade assez froide et sûre d'elle. Lorsqu'il avait interrogé son frère Caïn a son sujet, ce dernier lui avait laissé entendre qu'elle était farouchement indépendante.

Limor ne l'avait pas oubliée et lorsqu'il l'avait revue à l'enterrement d'Élia, il avait été ému. Il avait découvert une autre facette. Malgré toute l'emprise qu'elle avait sur elle, à l'enterrement de son amie, Jade était une femme fragile. Limor avait été touché, il avait éprouvé le besoin de la protéger. Il n'en avait rien fait. Le moment ne s'y prêtait pas et surtout Jade l'avait accueilli plutôt froidement. Nul doute qu'elle le tenait en partie responsable de la perte de son amie. Ce en quoi elle n'avait pas complètement tort, malheureusement. Limor connaissant la mission, il n'avait su s'y opposer. Il avait participé passivement à cet assassinat. Il ne participerait pas au suivant. Le meurtre de Jade ne devait pas avoir lieu.

> — Au contraire, Souli, nous avons beaucoup à perdre. Elle est notre dernier lien connu avec la résistance. Si jamais ils se relèvent de la perte de leur cheffe, avec ou sans Jade, elle est notre meilleur piste pour remonter jusqu'à eux. Mettons-la simplement sous étroite surveillance.

Limor s'efforcait de parler calmement, comme s'il énoncait une évidence, et de ne surtout pas trahir le tumulte en lui. Son coeur battait comme après un cent mètres, Limor faisait de son mieux pour maîtriser sa respiration. Il ne devait pas montrer l'enjeu que cette discussion représentait pour lui.

Souli l'observait en réfléchissant. Limor s'adossa tranquillement sur sa chaise, pour montrer son détachement. Il décida que même si c'était tentant, il ne devait surtout rien rajouter de plus. Il ne prendrait pas le risque de trahir son inquiètude et n'apporterait pas plus d'argument.

Souli reprit la parole après un temps qui avait paru infini à Limor.

> — Très bien. Mets-la sous surveillance électronique 24/24h. Et j'exige que tu la surveilles physiquement également. Tu es responsable de chacun de ses faits et gestes. Inutile de te préciser ce qui va se passer si tu t'es trompé ou si

tu échoues.

Ce n'était pas une question, simplement une information sous la forme d'une menace à peine déguisée. Limor n'en avait cure, il était trop content de cette petite victoire. Il retint son souffle de soulagement et se contenta d'un signe de tête avant de sortir du bureau. Aussitôt sorti, il s'adossa au mur et reprit sa respiration, contenue trop longtemps pour ce jeu de bluff.

Ce n'était pas grand chose, il fallait bien l'avouer. C'était inattendu que Souli se range à l'avis de son frère. Limor n'en revenait pas d'avoir su le convaincre, cela n'avait pas été si difficile finalement. Souli n'était pas infaillible.

Chapitre 23

Gary

Au loup blanc, 27 juin 2121

▼Décès de Caïn
▼Attentat d'Elia
▼L'Arme entre en jeu
▼Dispute entre Caïn et Souli ▼Arrivée prévue de Natacha
▼Mariage de Mya et Souli ▼Poste avancé
▼Garde rapprochée ▼Avan prend le départ
▼Le Traité de Gestion des Ressources ▼La femme idéale

2115   2130

▼2121

Travailler main dans la main avec Gary était une évidence.

Tout d'abord, Gary avait de "bonnes références". Il était un pacifique et le TGR avait sonné comme une libération pour lui. C'était la fin du conflit avec une solution humaine et généreuse. Très vite, Gary avait compris que le gouvernement de la Démocratie Européenne n'avait signé que pour obtenir la paix, sans intention de jouer le jeu. Ils sabordaient la mise en oeuvre du TGR par des moyens officieux. Gary avait commencé par de petites actions : décrypter les ordres de mission de la RRAS, les modifier légèrement, leur faire perdre du temps et de l'énergie. Puis il eut envie de leur envoyer de fausses informations. C'est à ce moment qu'il avait contacté Élia, sous son pseudonyme réseau, pour lui demander ce qui les aiderait le plus. Élia connaissait "Green Dove" de réputation. Les actions Gary dans la Toile, caché derrière son alias Green Dove, étaient très connues. Il commençait à être recherché par la Démocratie Européenne et à intéresser la résistance. Élia l'avait toutefois testé en lui confiant des informations peu sensibles. Elle comprit qu'elle pouvait lui faire confiance. Gary avait en échange souhaité conserver son anonymat et son autonomie. Ils ne s'étaient jamais rencontrés et Élia n'avait aucun moyen de le contacter. C'était uniquement lui qui venait vers elle. Et elle seule. Sur l'organisation, Élia était restée très discrète. Ils travaillaient chacun de leur côté contre Souli, en se mettant d'accord sur les actions à mener. Nul besoin de se connaître l'un l'autre une fois la confiance établie. Élia lui avait simplement donné le nom de Jade, "au cas où", afin que Gary ne perde jamais le contact.

En plus de ces actions en bonne entente avec la résistance, Gary avait été salvateur l'année dernière. Il n'avait pourtant pas pu empêcher l'assassinat de la cheffe de la résistance : avec les sabotages de Green Dove, aussi intelligents fussent-t-il, Souli et ses hommes se montraient plus méfiants. Les missions très importantes ne passaient plus par le réseau, en l'occurence l'Arme était plus sollicité.

La disparition d'Élia n'avait malheureusement pas été une surprise et Gary avait réagi très vite. Il comprit que Jade était en ligne de mire, et que si elle n'était pas déjà tuée, c'était que Souli comptait la surveiller ou s'en servir. Lorsqu'il l'avait contactée, Jade lui avait confirmé que les intentions de Souli n'étaient pas aimables. Gary et elle avaient mis au point sa couverture, et trouvé le moyen de masquer les activités de Jade. Ils arrivaient à retourner la situation au profit de la résistance, en tenant Souli occupé de leur côté et en évitant qu'il cherche plus loin.

Maintenant que la résistance avait retrouvé une certaine

stabilité, Gary souhaitait être plus actif. Il voyait bien que Souli montait en puissance et que les actions de Green Dove seules ne suffisaient pas. L'assassinat d'Élia avait montré, s'il en était besoin, que Souli était prêt à tout.

En l'absence de QG, Abel avait proposé un rendez-vous dans un bar souterrain. Et finalement ne pas avoir de point d'attache était plutôt une bonne chose, Abel souhaitait continuer à fonctionner comme cela, en réseau diffus, aussi longtemps que possible.

Gary était déjà arrivé. Il était installé à une petite table ronde haute assez proche de l'entrée. Il faisait de toute façon très sombre dans le bar, pas besoin de chercher un recoin pour être discret.

Gary n'était pas très grand, légérement enrobé, avec un sourire et un regard très doux. C'était un vrai gentil, faisant peu attention à lui, et grand cas des autres. Il était horrifié par la politique de Souli et faisait tout son possible pour lui mettre des bâtons dans les roues. C'était la première fois qu'il rencontrait Abel.

Abel avait souhaité rencontrer Gary car il allait être un élément clef de l'organisation, et surtout pour lui parler d'un projet bien particulier. D'ordinaire le chef de la résistance ne se serait jamais présenté en personne. Abel, dans un souci de sécurité, rencontrait le moins de membres possible de l'organisation, et préférait descendre les informations via de multiples intermédiaires. Il limitait aussi les interactions entre les résistants et fonctionnait à l'aide de petits sous-groupes. Ainsi chacun n'avait qu'une vision très locale de l'organisation.

— Bonjour Gary. Je suis Abel, ravi de te rencontrer enfin.
Son visage était inexpressif, cependant le ton d'Abel était sincère.
— Bonjour, merci de me rencontrer ! répondit Gary, plus bonhomme.

— Jade a été très élogieuse à ton sujet, je sais de quoi tu es capable. Tu as officiellement la charge de la sécurité électronique de l'organisation et ses membres. Puis-je t'aider là-dessus ?

— Au sujet des résistants en général, je sais ce dont j'ai besoin depuis longtemps. À votre sujet par contre je manque d'information. Et pour vous protéger, j'ai besoin de bien vous connaître, Abel. Vous êtes la première cible de l'ennemi. Ennemi qui a déjà tué la tête de la résistance, Élia. S'il y a une personne avec qui être honnête, c'est moi. J'ai prouvé mon attachement à la cause comme vous l'avez dit.

Le regard d'Abel s'assombrit. Il réfléchit en observant Gary. Il avait évidemment raison, Souli ne souhaitait rien de plus que mettre la main sur Abel, vivant de préférence.

— Je n'ai pas besoin personnellement de tes services. J'ai été effacé. Tu ne me trouveras pas sur la Toile.

— Pour être honnête j'ai déjà cherché et j'avoue n'avoir rien trouvé. Sans doute qu'avec davantage d'éléments, je vous retrouverais.

Abel ne répondit pas. Il n'était pas inquiet. S'il y avait la moindre faille il ne serait pas là à organiser la résistance. Il serait six pieds sous terre à nourrir les quelques animaux survivants de la catastrophe. Après avoir passé un sale moment entre les mains des sbires de Souli.

— Quoiqu'il en soit, concernant votre sécurité, vous savez comme moi que la meilleure façon de se protéger de l'espionnage électronique c'est de ne pas être sur le réseau, reprit Gary. Continuez à privilègier le réel au virtuel. Souli est plus méfiant depuis Green Dove mais pas encore assez. Tout vigilants que pensent être ses hommes, en les surveillant étroitement je continuerai à récupérer des informations.

— Bien Gary. Tu es garant de nos renseignements et de notre sécurité dans le réseau.

Les quelques minutes passées avec Gary, combinées à ce qu'il savait de ses actions en faveur de la résistance, confirmaient à Abel qu'il pouvait demander plus au chercheur.

> — J'ai autre chose à te demander. Qui n'a rien à voir avec notre défense.
>
> — Je vous écoute, répond Gary, gardant le vouvoiement bien qu'Abel le tutoyait, impressionné par le chef de la résistance.
>
> — Nous formons un petit groupe de résistants et nous peinons à grossir. Nous ne serons jamais suffisamment nombreux pour opposer une force de frappe suffisante à la Démocratie Européenne. Si nous n'avons pas le muscle, nous devons développer d'autres qualités. Pour faire la guerre, il n'y a pas beaucoup d'alternatives. Nous devons être intelligents. Nous devons surtout ne pas gaspiller nos efforts. Ne frapper que lorsque les risques sont maîtrisés. Nous devons avoir un coup d'avance.

Gary voyait très bien où Abel voulait en venir. Il aurait même été étonné que le chef de la résistance ne lui en parle pas. En 2115, alors que la situation politique commençait tout juste à s'appaiser, Gary avait initié un nouveau projet de recherche. Peu de bibliographie existait sur ce sujet qui le passionnait, ainsi Gary explora ses propres pistes.

Avec l'aide de son doctorant, il construisit une base d'apprentissage : c'était là que résidait toute la difficulté. Cette base devait contenir comme informations les causes et les conséquences, afin que l'algorithme d'apprentissage puisse "comprendre" quels faits conduisaient à quelles situations. Avec une variété suffisante en base, une fois l'apprentissage effectué, la méthode pourrait alors proposer des futurs en fonction des décisions prises dans le présent. Telle une voyante lisant les lignes de la main.

> — Predicta. Vous devez savoir que nous avons communiqué sur la non-faisabilité de ce projet. Pour une qualité de prédiction suffisante, il fallait une plus grosse base de données que celle que nous avions utilisée, et il devenait dès lors difficile de la constituer et de l'organiser. Et ce,

sans compter l'énorme puissance de calcul requise pour la méthode d'apprentissage.

— De nos jours les processeurs sont plus faciles à trouver que la nourriture. Et si je suis bien renseigné, le projet a été classé en 2117, moins d'un an après une publication présentant des résultats très prometteurs. 2117, c'est l'année où la situation politique a commencé à se dégrader ici. Je ne crois pas que vous ayez renoncé pour des raisons scientifiques.

Gary ne réfléchit pas longtemps avant d'avouer.

— Vous êtes perspicace. Dans la publication, nous évoquions un indice de confiance trop faible et quelques résultats invraisemblables. Mais lors de la parution de l'article, quelques mois après la rédaction, nous avions amélioré l'algorithme. Il fonctionnait. Entre temps, j'ai constaté les retombées de l'article. J'ai bien senti l'intérêt des hautes sphères. Heureusement j'ai joué de leur mauvaises connaissances scientifiques pour noyer le poisson. J'ai fini par tout arrêter.
Dans de mauvaises mains, c'eut été une arme redoutable. J'ai falsifié mes résultats puis communiqué sur la non-faisabilité du projet.

— Une arme redoutable, en effet. Exactement celle dont nous avons besoin.

— Predicta est stocké en toute sécurité dans un endroit connu de moi seul. Je peux tout remonter en quelques mois. Toutefois, par sécurité, je souhaite qu'une seule personne puisse l'utiliser et que cette personne soit moi.

— Tout à fait d'accord. Predicta doit rester secret. Personne d'autre que nous ne doit en avoir connaissance.

Chapitre 24

Liberté

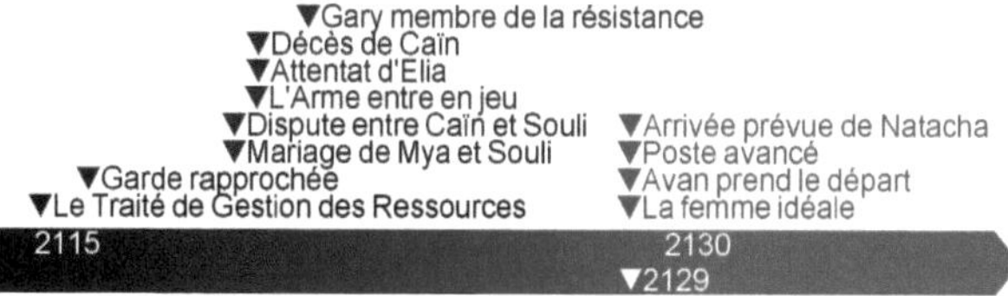

Coton.

Il se sentait comme dans du coton, très engourdi, de corps comme d'esprit. Max ouvrit les yeux. La lumière l'aveugla, pourtant elle ne devait pas être si forte. Aucune fenêtre ne se trouvait dans son champ de vision, lui qui n'avait pas la force de bouger la tête. Il était allongé dans un lit, dans une petite chambre, avec des appareils médicaux. Pourtant il savait qu'il n'était pas dans un hôpital. Il était incapable de dire pourquoi, une impression confuse. Il sentait qu'il n'était pas dans un lieu de guérison, malgré l'homme en blouse penché sur lui.

— Bien, vous voilà enfin. J'ai une bonne nouvelle : vous êtes hors de danger.

Max essaya de se redresser sur son lit. Les sensations

revenaient, à priori il avait le contrôle de son corps. Sauf que...
Il était attaché. Des lanières aux poignets et aux chevilles. Tout
lui revint alors : la mission avec Erwan, lui en éclaireur, des
hommes qui surgissent de nul part, deux d'entre eux qui
s'effondrent sous ses coups de feu, trop d'hommes autour de lui,
qui le cernent, lui qui réalise l'inéluctable issue...

Il était persuadé d'avoir avalé sa pilule de suicide. Que s'était-
il passé ? De toute évidence ils avaient réussi à le sauver. Max se
sentit alors très mal. Sa tête se mit à tourner. Souli allait vouloir
lui soutirer toutes les informations possibles.

> — Évidemment, vous comprenez bien que nous ne pouvons
> pas vous laisser rentrer chez vous tout de suite. Il y a
> ici des gens très curieux de vous rencontrer. Je vais vous
> laisser.

Max était courageux. Il avait même été formé à résister à
la torture, et de se convaincre que quoiqu'on révèle, il n'y a
pas de soulagement. Un ancien mercenaire, un ami précieux, lui
avait enseigné ce qu'il savait. Nicu lui avait appris à sortir de
son corps, à devenir spectateur de la scène. Y assister, voir son
corps se faire supplicier, accepter la douleur comme une simple
information et peut-être même parvenir à ne plus rien sentir.
Nicu avait même montré à Max comment renforcer son esprit
pour résister autant que possible aux substances chimiques qui
annihilent toute volonté, ou autre serum de vérité.

Max prit une profonde inspiration et expira doucement. Il se
prépara à méditer.

Il ferma les yeux. Il laissa le calme l'envahir, telle une douce
vague carressant une plage un soir d'été. Il allait éteindre ses
sens un par un, s'enfermer dans son esprit.

Ça y est, il est chez lui.

Comme au loin, il perçut plus qu'il n'entendit le bruit d'une
porte. Des sons de voix lui parvenaient, comme étouffés malgré
la proximité. Il fallait qu'il n'y prête plus la moindre attention.
Lorsque l'on apprend à méditer, il faut tout d'abord apprendre
à canaliser son esprit, qui vogue de pensée en pensée, tel un
singe espiègle sautant de branche en branche. Max avait dépassé

ce stade, il savait méditer assez longtemps sans que son esprit s'égare. Toutefois, dans la situation où il était, il pouvait utiliser une technique pour l'aider à focaliser son esprit et oublier le reste. La plus connue était le mantra. Il s'agissait de se répéter sans cesse une phrase ou un mot. Max utilisait plus volontier un mot, en général "bien-être" ou "bonheur". Aujourd'hui, il choisit un autre mantra : "liberté".

Liberté. Liberté. Liberté. Liberté. Liberté. Voix féminine. N'écoute pas. Liberté. Voix féminine ? Bizarre quand même. Non non. Respire. Liberté. Liberté. Liberté. Un cri. Un hurlement. Féminin. Respire.

Mais malgré lui, la respiration de Max n'était plus aussi calme, il respirait plus vite et plus fort. Il s'aperçut qu'il tenait ses yeux fermés très fort. Il essaya de reprendre le contrôle, luttant contre la curiosité. Il ne put s'empêcher de constater qu'il ne sentait rien, on ne l'avait pas touché pour l'instant.

Le son, il faut se couper du son. Liberté. Liberté. Un bruit de coup. Suivi d'un hurlement. Pas le sien. Un cri féminin.

— ... vous en prie ! ! !

Une voix féminine qui suppliait. La respiration de Max s'était à nouveau accélérée. S'il ouvrait les yeux maintenant, c'était fini. Liberté. Douleur. Sa tête venait d'être tournée violemment, là c'est lui qui venait de prendre un coup. C'était une simple gifle, mais qui l'obligea à entendre une voix masculine :

— Je sais que tu ne dors plus. Ouvre les yeux ou je l'esquinte pour de bon.

Liberté. Esquinter qui ? Liberté. Pourquoi il ne m'a pas touché encore ? Liberté. Liberté. Un doigt sur sa bouche. C'était doux, cela ne faisait pas mal. Liberté. Cela ne marche pas, il n'arrivait pas à couper ses perceptions. Ce doigt chaud sous son nez à présent. C'était humide. Liberté. Une odeur de fer. Du sang. Mais ce n'est pas celui de Max, il le sait. Liberté. Il ferme ses yeux encore plus fort. Liberté. Mais il sait déjà qu'il a perdu. Il va les rouvrir. Il n'a pas de plan B. Il ne sait pas ce qui l'attend, mais il va falloir trouver un autre moyen de résister.

— ... bon ce sang, non ? Tu veux goûter un morceau

maintenant ?

Cette voix, masculine, était calme, gentille. Avec le ton qu'un père emploierait pour parler à son enfant. Il y avait toutefois un bruit de sanglots étouffés qui démentait cette impression de quiétude. Max prit à nouveau une grande inspiration. Il ouvrit les yeux, se réhabitua plus vite que tout à l'heure à la luminosité.

Assis sur son lit, un homme. Bien bâti, un visage taillé à la serpe, les arcades proéminentes, les yeux marrons, brun aux cheveux courts. Souli. Souli en personne. Souli qui le regardait sans expression particulière : ni colère, ni haine, ni même méchanceté. Il était plutôt détendu, sûr de lui, comme s'il était certain de bientôt détenir tous les secrets de la résistance. À sa gauche, deux personnes. Un homme et une femme. L'homme maintenait la jeune femme à genoux en la tenant par les bras. Sa tête était penchée en avant, mais Max vit à travers ses cheveux longs défait que du sang gouttait de sa tête sur le sol. C'était elle qui pleurait, silencieusement à présent. Max s'humecta les lèvres. Elles avaient un goût de sang, le sang de cette jeune femme qu'il ne connaissait pas.

— Bienvenu parmi nous, reprit Souli, conservant son ton parternel. Je te présente Kaëlle. Kaëlle a 16 ans. Kaëlle n'a pas eu beaucoup de chance dans la vie tu sais. Ses parents sont morts quand elle avait 3 ans, depuis elle est à l'orphelinat. Personne ne l'a adoptée la pauvre. Il faut dire qu'en ces temps difficile, une bouche de plus à nourrir... Bon, en tout cas, elle ne manquera à personne, tu vois. Est-ce que tu as compris pourquoi elle était là ? Oui, je sais que tu ne veux pas parler. Pour l'instant. Justement, elle va t'aider à être plus bavard j'en suis certain. Le deal est simple : tu me dis ce que j'ai besoin de savoir et elle repart tranquillement chez elle. Intacte. Enfin à peu près. Á cause de toi, elle a le nez cassé, je crois. Et sinon, si tu refuses de coopérer, c'est elle qui morfle. Le coup dans le visage tout à l'heure, ce n'était vraiment rien je t'assure. J'ai plein d'idées, en plus les femmes ça m'inspire toujours beaucoup. C'est plutôt sympa comme deal, non ? Je me suis dit que ça parlerait forcément à un homme de cœur comme toi. Qu'en penses-tu ?

Max ne parvenait plus à penser. Cette fille n'était rien pour lui mais Souli avait clairement trouvé le point faible. Que pouvait-il faire pour se convaincre que la douleur ou la mort d'une seule pourrait sauver des milliers de vie ? Que cette fille ne serait que la première s'il craquait ? Il fallait qu'il trouve un moyen de supporter.

Chapitre 25

Joyeux anniversaire

Villa de Kalor, 17 septembre 2122

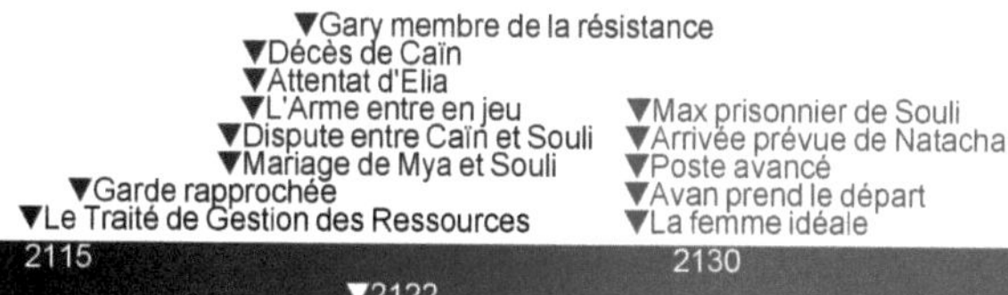

Aujourd'hui, il rentrait par un passage annexe. Il ne voulait pas risquer de croiser qui que ce soit dans le tunnel principal. Personne n'utilisait la pièce qu'il s'était attribuée dans le sous-sol, et cette dernière restait son accès à la maison de Kalor puisque Souli n'avait pas pensé à la condamner.

Cela faisait des semaines qu'il y réfléchissait. Il n'avait jamais ressenti cela avant. Il ne se souvenait d'ailleurs plus de la dernière fois qu'il avait considéré un être humain autrement que froidement, sans plus d'importance qu'un objet. Il s'était surpris lui-même et avait mis du temps à comprendre. Il avait fini par se dire qu'il avait des sentiments. Peut-être même ressentait-il de l'amour ? Au début, il s'était demandé s'il n'éprouvait pas simplement de la pitié. Ce qui était déjà un progrès pour lui, n'importe quelle émotion était inespérée. Avec le temps, il avait réalisé que ce n'était pas de la pitié, c'était différent et plus fort.

Finalement, la sémantique ou le pourquoi n'avait pas d'importance. Ce qu'il voulait, c'est être avec elle, la protéger, et apprendre à l'aimer. Il voulait lui faire oublier ses souffrances. S'il pouvait dessiner un sourire sur son visage il serait le plus heureux des hommes.

Il avait tout préparé en peu de temps. Il n'avait aucune relation car il n'aimait pas les gens. Par contre, en tant qu'homme de l'ombre, il savait bien des choses. Il n'avait eu aucun mal à trouver puis amménager une planque. Il ne savait évidemment pas décorer une chambre ni ce qui pourrait plaire à une femme. Il s'était inspiré de toutes les somptueuses demeures qu'il avait visité au cours de ses missions. Il espérait qu'elle s'y sentirait bien.

Lorsqu'il avait évoqué l'idée de la tirer de là, il la sentait bien trop terrorisée pour accepter. Qu'à cela ne tienne, ce soir il ne lui demanderait pas son avis. Elle n'était pas en état de prendre de décision. Une fois sortie de là, elle pourrait se reconstruire. Et avec du temps et de la patience, il espérait qu'elle puisse être à nouveau heureuse.

Larme s'habilla. Il n'avait besoin de rien, tout était prêt pour la recevoir. Il fallait juste y emmener Mya, de gré ou de force. Ce serait son cadeau d'anniversaire.

Chambre de Mya, 17 septembre 2122

Elle ouvrit les robinets de la baignoire en grand.

Si elle en avait douté un instant, elle en était désormais certaine : elle ne s'habituerait pas. Depuis le mariage, Souli lui témoignait de l'intérêt de deux façons différentes. En public, il était attentionné et tendre. Dans l'intimité, il laissait libre cours à son sadisme. Et même si ses visites nocturnes étaient moins fréquentes, Mya constatait qu'il allait de plus en plus loin.

Elle versa des sels de bain par réflexe.

La nuit dernière... Elle ne put réprimer un frisson en y repensant. La nuit dernière, elle avait cru mourir. Elle l'a souhaité en fait. Si fort.

L'eau était sans doute un peu trop chaude. Qu'importe.

Il y avait quelque temps qu'elle ne résistait plus. Elle avait ainsi espéré le frustrer, mais son plaisir semblait intact. Elle ne savait plus quoi faire. Au début elle se rebellait, puis elle avait essayé la soumission. Cela ne lui faisait ni chaud ni froid. Elle avait aussi voulu être forte. Elle avait tout fait pour ne pas crier, pour ne pas pleurer, pour ne pas lui donner le plaisir de la voir souffrir. Peut-être que cela aurait pu marcher, si elle avait été plus forte ou s'il avait été moins doué pour la faire hurler de douleur. Lui avait semblé s'amuser encore davantage des vaines tentatives de sa femme pour le contrarier. En tout cas, elle n'avait jamais envisagé d'en parler à qui que ce soit, pas même à son père. La terreur que Souli lui inspirait était trop forte. Seul Larme, son unique ami, avait vu et l'avait soutenu. Ces derniers temps, ses visites s'étaient faites de plus en plus rares, Souli la surveillant étroitement. Larme lui avait proposé de s'enfuir ensemble. Elle avait hésité, un instant folle de joie à l'idée que tout cela se termine. Puis elle avait réalisé qu'elle n'aurait jamais plus une vie normale. Souli la poursuivrait, cela ne faisait aucun doute. Elle vivrait dans la peur. Elle ne lui échapperait pas longtemps, il la retrouverait, même si Larme lui promettait que non. Et même s'il ne la retrouvait pas, il ne quitterait jamais son esprit. il l'avait marqué au fer rouge, à jamais. Elle ne serait pas insouciante. Elle ne retrouverait pas le bonheur. Elle ne quitterait pas la terreur.

Elle hésita à se déshabiller. Finalement elle rentra dans l'eau en sous-vêtement.

Hier elle l'aurait supplié d'aller au bout de l'étouffement qu'il lui faisait subir si elle avait pu parler. Malheureusement, il maîtrisait parfaitement l'art de faire souffrir. Il savait comment faire très mal et surtout il savait exactement quand s'arrêter.

Elle se détendit. Ce n'était pas le confort du bain. C'était parce qu'elle avait enfin trouvé la solution.

Elle prit le petit couteau de cuisine qu'elle avait pris soin de remonter tout à l'heure. Il avait l'air bien tranchant.

Elle prit une grande inspiration.

Elle n'aurait plus jamais mal.

Elle enfonça aussi profondément qu'elle le pouvait la lame dans la douce chair de ses poignets. Elle ne voulait pas laisser la moindre chance à la vie de rester dans son corps. Elle plongea ses deux bras dans l'eau chaude, le couteau encore dans sa main gauche.

Pour la première fois depuis trois ans, elle n'avait plus peur. Elle goûta l'euphorie d'en avoir fini. Sa respiration était apaisée. Ses lèvres dessinaient presque un sourire. Elle ferma les yeux.

Le noir s'empara d'elle.

Chambre de Mya, 18 septembre 2122

Larme avait attendu minuit passé pour être certain de ne croiser personne, ni à l'aller, ni au retour prévu avec Mya. Étreint par une sensation étrange, comme une chaleur dans le ventre, il frappa doucement à sa porte. Il attendit un peu qu'elle se prépare à lui ouvrir, comme il ne pouvait jamais la prévenir.

Il refrappa. Toujours pas de réponse.

Comme il n'entendait rien, il se décida à entrer. La porte n'avait évidemment pas de verrou, Souli l'aurait interdit. Elle n'était pas dans son lit. C'était bien la première fois qu'il ne la trouvait pas dans sa chambre à cette heure-ci. Il se dirigea vers la salle de bain de Mya.

Elle était dans son bain, magnifique avec ses cheveux flottants autour de son visage livide.

Larme s'approcha alors qu'il savait déjà. La mort étant son métier, il n'avait aucun doute sur le fait qu'il arrivait trop tard.

Elle reposait, la tête en arrière, dans une eau rouge, inerte. Ses yeux étaient clos, des larmes séchées au bord des paupières contrastaient avec son léger sourire. Elle incarnait à la fois le désespoir et le soulagement.

Elle qui lui avait redonné espoir en lui-même, qui lui avait montré qu'il restait un peu d'humanité en lui, n'était plus. Alors qu'il n'avait pensé qu'à elle ces dernières semaines, faisant de son mieux pour lui préparer une nouvelle vie, elle ne l'avait pas attendu.

Larme était à nouveau seul.
Seul avec sa colère.
Seul avec sa rage.
Seul avec son désir de vengeance.

Chapitre 26

Présentation de Souli

QG de la résistance, 16 mars 2129

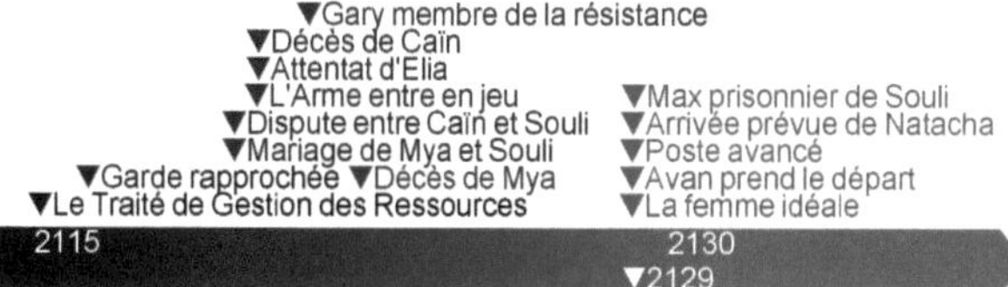

Natacha était bonne élève, ils avancaient vite dans la formation. Elle serait prête pour le 25 mars 2129, date du grand départ.

Ils avaient déjà vu l'essentiel des mœurs et de la culture à connaître pour qu'elle ne passe pas pour une extraterrestre, ainsi que les évolutions que la langue avait subies depuis le XXIième siècle. Naturellement, la couverture de Natacha impliquait qu'elle soit étrangère pour justifier son accent.

Pour mettre en pratique toutes ses nouvelles connaissances culturelles, Natacha s'était baladée les deux derniers jours hors de la planque, en totale liberté ou presque.

Les transports ferrés souterrains étaient filmés et surveillés par la police de Souli. Cependant, de nombreux tunnels n'avaient pas été réhabilités depuis la catastrophe. La résistance s'en était fait son réseau, en s'appropriant ces anciens métros et autres galeries bien plus anciennes, et en masquant les éventuelles entrées visibles. Avec son guide, Natacha s'était déplacée à pied ou à vélo à travers quelques-uns de ces tunnels secrets de la capitale. Erwan lui apprenait ce qu'elle devait savoir et répondait à ses questions. Elle avait ensuite quitté les galeries secrètes pour se prêter aux jeux des travaux pratiques visant à se mêler à la population. Erwan l'avait laissée seule. Lorsqu'elle déboucha dans sa première galerie de métro, elle resta un moment à observer.

L'endroit était en largement moins bon état que les tunnels de la résistance. Du plafond pendaient de nombreux câbles, dégoulinant des grilles censées les contenir. Surtout, Natacha ne comptait pas les caméras : Erwan lui avait expliqué qu'elles n'étaient plus toutes raccordées. Les lumières, parfois de guingois, diffusaient une clarté à peine suffisante. Le peu que l'on voyait suffisait à Natacha : l'endroit était sale, pas entretenu. Des flaques se formaient ici et là, alimentées par de l'eau gouttant du plafond, se faufillant entre les entrelas de câbles, les néons, les caméras. Natacha n'avait aucune envie de s'attarder et se mit en route pour son premier test, atteindre un ancien centre commercial.

Après avoir facilement atteint les quelques objectifs qu'Abel lui avait fixés pour s'habituer à naviguer dans le réseau souterrain public, elle était prête pour le dernier : sociabiliser dans un bar. Cette dernière expérience avait permis à Natacha de prendre confiance en elle et de constater qu'elle était suffisamment à l'aise dans ce nouvel environnement.

Le bar était bondé et la jolie jeune femme seule qu'elle était n'avait pas manqué de se faire aborder. Elle ne maîtrisait pas toutes les subtilités de la langue mais elle était soulagée de constater que la communication était facile. Elle avait joué la fille intéressée pour faire durer la conversation et vérifier que l'art de la séduction était intemporel. Elle avait ensuite gentiment décliné l'invitation de l'entreprenant jeune homme à poursuivre la soirée chez lui.

Grâce à cette sympatique soirée, Natacha avait constaté que les mœurs de la nuit n'avaient pas tellement changé.

Ce qui était le plus difficile c'était de ne jamais voir la lumière du jour.

La vie en 2129 était souterraine.

Alors que ce n'était pas dans ses objectifs, Natacha avait quand même voulu voir la surface. Au détour d'un tunnel, elle avait trouvé une sorte de monte-charge qu'elle avait emprunté. Au fur et à mesure de l'ascension la température chutait. Drastiquement. Natacha n'était pas habillée suffisamment chaudement, puisque le sous-sol d'où elle venait était tempéré. Le monte-charge s'immobilisa face à une grosse porte, dans une matière qui ressemblait à du plastique. Sans aucun doute, le métal n'était pas adapté au froid qui regnait.

Grelottant mais brulant de curiosité, Natacha prit une inspiration et poussa la porte. Elle resta dans l'encadrement de la porte, autant abritée que possible du vent glacial qui faisait rage. Lorsque ses yeux furent réadaptés à la lumière du jour, Natacha parcourut du regard le paysage.

Le monde qu'elle découvrit était noir et gris.

De la glace à perte de vue, noire à proximité et blanchâtre au loin. De la glace noire, elle ne s'attendait pas à ça. C'était presque beau. La pollution de la ville sous-jacente était piégée dans ce cénotaphe naturel, comme célébrant une civilisation passée. La civilisation de Natacha.

La température l'avait obligé à interrompre sa contemplation. Frissonnante d'angoisse autant que de froid, elle était retournée sous terre.

Cette image de désolation ne quitterait plus Natacha.

Ils avaient également pu traiter les récentes avancées des connaissances en cryptologie nécessaires à Natacha pour faire illusion dans son métier. Elle ferait plus qu'illusion à vrai dire, elle était très douée et il n'avait pas eu à passer beaucoup de temps sur ce sujet.

Le gros des éléments de sa couverture avait été traité aussi, il restait quelques éléments de son passé à lui expliquer. Son enfance, où elle était censée avoir grandi, sa famille... Abel avait classé les choix par priorité, pour que les éléments les plus importants soient bien intégrés et deviennent aussi naturels que possible à Natacha.

Toutefois... Il avait gardé le plus difficile pour la fin. Le plus difficile pour Natacha ? Ou pour lui ?

Souli.

Souli avait été évoqué quand il avait fallu dépeindre le paysage politique de l'époque, mais sans plus.

Il fallait désormais expliquer à Natacha qui il était. Quel homme. Quel était son passé. Quels choix il faisait. Quel caractère il avait. Donner des conseils à Natacha pour l'aider à le séduire. Il fallait aussi prévenir Natacha de la façon dont Souli se comportait avec les femmes. Nul doute que Natacha ne se laisserait pas impressionner par un macho, mais elle devait savoir jusqu'où il était capable d'aller. Ou peut-être pas, peut-être le minimum pour qu'elle se méfie de lui en ayant pas trop peur.

Pas besoin de support visuel aujourd'hui, Natacha et Abel se sont installés dans une petite salle à l'écart, changeant leurs habitudes. Il était venu la chercher dans sa chambre dès son réveil, et l'avait accompagnée ici où un petit déjeuner aussi appétissant que possible avait été préparé pour elle. Par Abel bien sûr. Il cherchait toujours à lui faire plaisir, et ce n'était pas uniquement la gratitude qu'il éprouvait envers elle pour avoir accepté la mission. Natacha semblait apprécier sa compagnie. Elle était bien plus détendue que les premières séances, où la colère de s'être fait forcer la main était encore présente. Elle a un caractère enjoué, elle est moqueuse, parfois dissipée mais impliquée. Bref, tout ce temps passé ensemble n'était pas une corvée pour Abel.

La garçonnière, 20 décembre 2122

Cette petite cave lui plaisait vraiment beaucoup. Bien isolée, personne ne pouvait s'y retrouver par hasard et les cris ne s'entendaient pas. Il l'avait fait amménager discrètement, ne souhaitant pas qu'il soit possible de remonter à lui par ce lieu. Dans ce nouveau monde où la vie était devenue essentiellement souterraine, les endroits petits et sombres ne paraissaient plus aussi glauques. Les femmes qu'il y emmenait ne se sentaient pas en danger. Pas tout de suite en tout cas.

Ayelle était là depuis trois jours. Il était aux petits soins, vraiment, pour elle : il lui faisait porter de la bonne nourriture, lui laissait des distractions, et l'avait honoré de sa présence tous les jours. Pourtant, cette garce se plaignait. Elle voulait rentrer chez elle, ne goûtait pas leurs jeux sensuels comme elle le devrait. Mya ne s'était jamais plainte, elle, pourquoi elle n'était pas satisfaite celle-ci ?

Ayelle l'attendait quand même dans la tenue qu'il lui avait demandé de porter, autrement dit elle était quasiment nue, et dans la position de soumission qu'il lui avait apprise. Sans doute espérait-elle qu'il la laisserait partir si elle se comportait bien. Rien n'était moins sûr. Ce qui était certain en revanche, c'est qu'il n'était pas de bonne humeur et que se défouler lui ferait le plus grand bien. Il avait été plutôt doux la veille, elle n'avait presque pas de traces.

Lorsqu'il passa devant elle pour aller chercher son arme, il cru remarquer un frisson. Bien. Elle avait au moins compris qu'il fallait se taire et ne pas lever les yeux sur lui.

Il appréciait cette docilité. Si elle pouvait ne plus montrer sa réticence, elle serait peut-être parfaite. Il fallait qu'elle le supplie, qu'elle le supplie de rester et de continuer, qu'elle ait sincérement besoin de lui. Il voulait sentir son pouvoir.

Une érection commençait à tendre son membre alors que Souli s'apprêtait à porter un premier coup.

Au pouvoir, 12 août 2127

Dans les faits, il y a bien longtemps que Kalor n'agit plus seul. Souli lui souffle de plus en plus fort ce qu'il faut décider. À 69 ans, Kalor est l'ombre de lui-même. Il ne s'est jamais remis du décès de sa fille, il s'accrochait au gouvernement dans l'espoir de ne pas sombrer définitivement. Aujourd'hui, il abandonne. Il n'a plus envie de se battre, il serait même prêt à accueillir la mort. Il donne officiellement à Souli la gouvernance de la Démocratie Européenne. Inutile d'organiser d'élection, autant avoir l'honnêteté de ne plus faire semblant. Une démocratie a-t-elle vraiment existée un jour de toute façon ? Le terme plaît au peuple, c'est déjà bien.

Sans que la présence de Kalor fusse très gênante, Souli était tout de même soulagé. Libre, il était totalement libre de faire ce que bon lui semblait. Et sa priorité était les États du Nord. Il allait intensifier les raids, repousser les frontières, jusqu'à ce qu'ils veulent bien lui donner leurs terres, et surtout leurs productions. Et si ce n'était pas de leur plein gré... Souli finirait pas avoir ce qu'il voulait par la force.

Pour ce faire, il fallait en terminer une bonne fois pour toutes avec ces cafards de résistants.

Chapitre 27

La planque

Palais présidentiel, 16 mars 2129

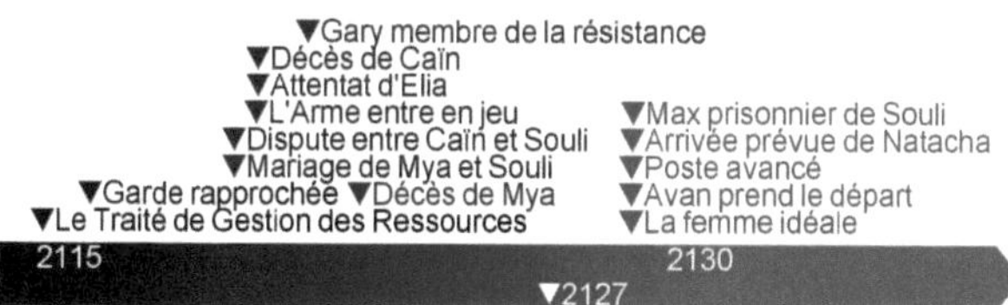

Au bâtiment ministériel, où Souli a conservé ses habitudes, une toute autre scène se jouait.

Les hommes de Souli se préparaient. Une trentaine, tous armés jusqu'aux dents. Leur mission ne consistait qu'en l'arrestation d'une petite dizaine d'hommes au maximum, et Souli n'avait voulu prendre aucun risque. Ils partaient pour se repartir aux endroits stratégiques, les issues possibles, selon les ordres de Limor. Ce dernier superviserait à distance. Souli ne prenait pas part à l'opération, sûr de son succès, et il attendrait tranquillement dans son bureau le rapport de Limor.

Qui n'aurait pas loin à aller.

La cible est le siège de la résistance. Rien que ça. Enfin.

L'empathie l'avait emporté assez rapidemment et Max leur avait dit tout ce qu'il savait.

Souli avait eu beaucoup de mal à avaler que le QG de la résistance était sous ses pieds, dans une partie cachée du dernier sous-sol de l'ancien parking souterrain. Mais Max avait pu prouver ce qu'il avançait, et Souli s'était rendu à l'évidence. Cet enfoiré d'Abel s'était bien joué de lui. Sous son nez. Depuis le début il se planquait sous son nez. Il utilisait son ministère, son électricité, son eau, détournait son réseau.

Souli n'était pas rancunier : il se proposait de continuer à loger Abel. Dans un lieu de son choix, bien sûr. Un lieu dont le chef de la résistance ne sortirait pas. Et comme Souli concevait que l'enfermement ce ne soit pas agréable, il aurait sans doute la bonté d'abbréger cette peine. Assez rapidemment.

Depuis le temps qu'il rêvait de la mort du chef de la résistance.

Il allait arracher la tête de cette vermine et plus encore : ne laissant rien au hasard, Souli avait demandé l'arrestation simultanée de tous ceux qu'il soupçonnait d'avoir pris part à la résistance. Limor avait été chargé de tout synchroniser. Il avait notamment préparé une escouade qui attendrait son signal aux abords de Cassioppée. Souli était, cette fois, resté insensible aux arguments de Limor, il ne voulait leur laisser aucune chance.

Chapitre 28

L'affrontement

QG de la résistance, 16 mars 2129

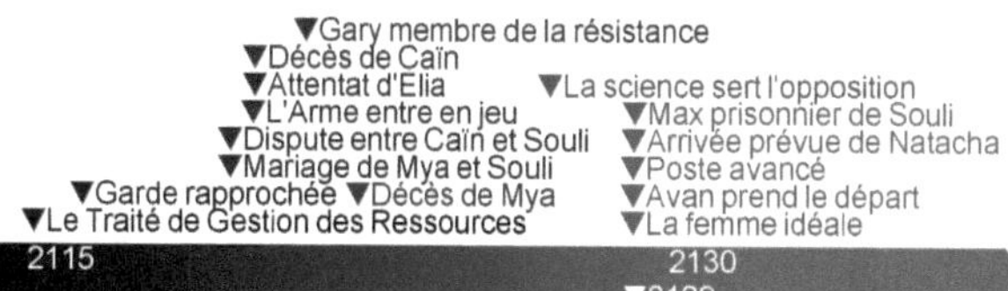

Natacha était pleine d'envie.

— Abel, il reste 9 jours si j'ai bien compté. Je suis assez à l'aise avec mon personnage, mon métier, ma nouvelle époque... Maintenant j'ai hâte d'en savoir plus sur ma cible. Dans le contexte du jeu télévisé, je t'aurais dit que je ne voulais rien savoir par esprit sportif. J'ai toute confiance en ma séduction, mais l'enjeu n'est plus le même. Je peux jouer un rôle, encore faut-il que je choisisse le bon. Tu le connais assez bien m'as-tu dit, tu as travaillé avec lui. Quel genre de femme aime-t-il? Dois-je lui resister ou veut-il une soumise?

Abel sentait que Natacha allait se lancer dans une pluie de questions, aussi l'interrompt-il.

— Oui Natacha, Souli est justement le programme de ces derniers jours. Je vais t'expliquer ce que tu dois absolument savoir pour ne pas te faire griller et ne pas éveiller sa méfiance. Les jours qui viennent sont très importants.

Natacha s'apprêtait à écouter attentivement, elle prenait son rôle très au sérieux. Initialement elle s'était lancée dans l'aventure pour se tester, par goût de la compétition. Si l'intérêt du défi ne l'avait pas quitté, ce n'était plus le moteur principal.

Elle avait vu ce qu'était devenu la planète. Elle avait vu ce que la soif de l'argent et du pouvoir avait fait. Elle avait toujours exécré ceux qui méprisaient le bien-être de tous, de la Terre, pour leur propre confort, ceux qui n'avaient cure de la conséquence de leurs décisions. Et aujourd'hui, elle avait l'occasion de faire quelque chose. Natacha avait le pouvoir de changer les choses. C'était désormais par conviction qu'elle voulait réduire à néant ce despote.

Elle allait venger la planète et ses innocents locataires pour tout le mal que le pouvoir fait.

Abel semblait soucieux. Avait-il peur de lui dépeindre Souli ? Il reprit la parole.

— Natacha, il faut que je te dise quelque chose avant de te dresser le portrait de Souli. En fait, je...

Un bruit inabituel interrompit Abel, il se leva d'un bond de sa chaise. La main tendue vers Natacha, il lui signifiait de ne pas faire de bruit. Légèrement fléchi sur ses jambes, il était prêt à partir. Il tendait l'oreille. Le silence habituel du QG était revenu. Sa respiration s'était accélérée. Natacha avait envie de le rassurer, et de se rassurer, en disant que ce n'était probablement rien. Il lui fit signe de se lever silencieusement. Il éteignit la lumière et prit la main devenue moite de Natacha. Abel la guida derrière lui et ouvrit la porte sans un bruit. Tout était éteint dans l'ancien parking, seules des lumières rouges, lontaines, permettaient de deviner quelques uns des piliers. Le chef de la résistance connaissait par cœur son repaire et se dirigea vers une zone complètement noire. Natacha suivait sans bruit, rassurée par Abel malgré le stress qui montait.

Un autre bruit. Plus proche. Quelqu'un qui marchait. Soudain, un rayon de lumière balaya le sol, encore assez loin heureusement. Dans un réflexe, Abel plaqua Natacha contre un mur et la protégea de son corps. Ils étaient face à face. Natacha sentait la respiration chaude d'Abel contre son visage, son corps tendu contre le sien, sa poitrine qui se soulevait à chaque respiration. Il rapprocha encore son visage du sien. Si elle ne savait pas que quelque chose de grave se jouait, elle aurait pensé qu'il allait l'embrasser. Et elle se rendit compte qu'elle en avait envie. Ce n'était pourtant pas le moment bon sang. Il chuchota tout prêt de son oreille :

— Natacha, il faut que tu t'enfuies.

Sans plus d'explication, il l'entraîna sur quelques mètres, glissant le long du mur. Ses yeux s'étaient habitués à la pénombre, Natacha distingua qu'ils étaient arrivés dans un angle. Les murs semblaient très abimés, de longues et grosses fissures les parcouraient. Deux d'entre elles partaient du sol et se rejoignaient à la hauteur de sa poitrine. Abel glissa sa main dans la fissure de gauche et tira sur le bloc de ciment. Il s'ouvrit à la manière d'une porte, beaucoup plus silencieusement que Natacha s'y serait attendu. Il y eut malgré tout un léger bruit de frottement, qui eut pour conséquence l'agitation frénétique des rayons de lumière au loin. Il ne faisait aucun doute que l'on venait vers eux désormais. Et vite. Abel appuya sur la tête de Natacha pour la forcer à se pencher et la poussa assez brusquement dans l'ouverture qu'il avait dégagée. Elle tenait à peine debout dans cet espace réduit.

— Cette galerie te mènera à l'extérieur de la ville. Si tu cherches par terre, tu trouveras un sac avec des affaires chaudes et une lampe torche. Ne l'allume surtout pas tout de suite. Va à Cassiopée. Vite Natacha. Ne te fais pas prendre.

Il tendit la main vers elle, lui caressa la joue furtivement avant de la repousser dans les ténèbres. Il referma la porte dérobée sur elle. À travers la fissure elle devina qu'il s'éloignait rapidemment, en direction des lumières.

Mon Dieu, que faisait-il ? Pourquoi ne s'enfuyait-il pas avec elle ? Pour la protéger évidemment.

Abel.

Elle devait partir elle le savait, pourtant elle ne pouvait détacher son regard de l'ombre de celui avec qui elle avait passé ces douze derniers jours. L'ombre devint lumière, Abel s'immobilisa dans les rayons d'au moins trois torches, les mains en évidence en signe de rédition. Un homme, un militaire, s'avança dans la lumière. Il toisa Abel. Abel était de dos, et le militaire était à contre-jour, Natacha ne distinguait pas les expressions. Pas un homme ne parlait. Un rayon de lumière vint dans sa direction, pour balayer toute la zone. Elle se recogna dans la galerie pour laisser passer la menace.

Il fallait partir.

Pourtant, elle retourna mettre son œil dans la fissure. Elle devina qu'Abel avait désormais les mains attachées dans le dos. L'autre homme lui faisait toujours face.

— Abel, n'est-ce pas ? demanda-t-il.

Abel ne répondit pas. Le militaire, bien campé sur ses jambes, fit alors un mouvement vif du bras : il assèna un puissant crochet à Abel. Natacha entendit un bruit mat. Abel ne broncha pas. L'autre mit ensuite un grand coup de pied dans l'estomac du chef de la résistance. Abel n'émit toujours aucun cri. Il tomba à genou.

Une larme coula sur la joue de Natacha. Ils ne pouvaient pas faire ça. Ils ne pouvaient pas le tuer maintenant, pas aussi facilement. Natacha se recula et s'adossa contre la paroi. D'autres larmes roulèrent. Elle entendait des bruits plus confus. Ils devaient être en train de partir.

Abel ne peut pas avoir fait tout ça pour rien. Natacha prit une grande inspiration et passa ses mains sur ses joues pour les sécher. Elle se redressa, déterminée. Elle trouva le sac, qu'elle jeta sur son dos, et avança dans le noir, les mains en avant.

Piégée, 30 mars 2123

Le noir était oppressant mais préférable à ce que la lumière lui rappelait. De toute façon, elle n'avait pas le courage de tâtonner à la recherche de l'interrupteur. À quoi bon ? Depuis des semaines qu'elle était ici, elle avait appris à se repérer dans l'espace de la petite cave. Elle ne savait pas depuis combien de temps exactement elle était enfermée là. En revanche, elle ne cessait de se repasser les événements qui l'avait conduite là, regrettant amèrement chacun de ses pas vers ce piège.

Elle transportait de la nourriture des Walipinis vers les consommateurs. Ce jour-là, elle effectuait une livraison pour le ministère. Souli rentrait au même moment et, la voyant bien chargée, avait proposé de l'aider, arguant qu'elle faisait un métier difficile pour une femme. Elle avait été touchée qu'un homme aussi important fasse attention à elle. Elle avait aimé le regard qu'il avait posé sur elle, charmé et charmant. Il avait marqué une légère hésitation en l'invitant à prendre un verre le soir même, comme s'il était intimidé. Elle n'avait aucune raison de refuser : il était grand, très viril, musclé, en bref, il lui plut immédiatement. Il s'était efforcé de s'intéresser à elle lors de ce premier rendez-vous, elle comprenait aujourd'hui qu'il avait joué un rôle. Si bien joué que c'était elle qui l'avait embrassé lorsqu'il l'avait raccompagnée dans le dortoir qu'elle partageait avec une petite dizaine de personnes. Ce baiser avait été passionné et excitant. C'est elle encore qui lui avait proposé de se glisser dans son dortoir lorsqu'elle avait senti son membre dur contre elle. Il avait fait mine d'hésiter, puis avait cédé. Il s'était montré tendre alors, ils avaient fait l'amour aussi discrètement que possible. Elle n'avait toutefois pas pu retenir son cri de jouissance lorsque Souli l'avait amenée à l'orgasme. Cette fois-ci avait été si bonne...

Soudain, un bruit. Il arrivait. Elle se redressa vivement. Elle était déjà nue, malgré la fraîcheur de la pièce. Il exigeait qu'elle le reçoive ainsi, et elle ne voulait pas risquer d'encourir son courrou en n'ayant pas le temps de se déshabiller. Elle se passa la main dans les cheveux, pour essayer de les coiffer. Elle grimaça de douleur au contact du sang coagulé à l'arrière de sa tempe droite.

Comme à chaque fois, des sentiments contradictoires l'assaillaient : elle était heureuse que sa solitude soit interrompue et que quelqu'un s'occupe d'elle. Parfois, il s'occupait vraiment gentiment d'elle. Elle pourrait passer un très bon moment si seulement elle réussissait à se défaire de l'angoisse qu'il change d'humeur. Et lorsqu'il n'était pas de bonne humeur... Hier par exemple (ou était-ce avant hier ?), il n'avait pas dû passer une bonne journée. Elle chassa vite ce souvenir et se concentra sur sa position, debout, les mains dans le dos, le regard vers le sol, et s'efforça de ne pas trembler.

Souli alluma la lumière. Elle était là, elle l'attendait comme il lui avait appris. Il admira quelques instant sa nudité. Elle était encore jolie, malgré la perte de ses rondeurs. Il avait pourtant exigé qu'elle mange davantage. Elle n'écoutait pas. Pour le reste, elle était très docile, suppliante comme il faut. Elle avait l'air contente de le voir, ne demandait pas à rentrer chez elle. Il ne savait pas pourquoi, il éprouvait malgré tout un léger sentiment d'insatisfaction. Une frustration, comme toujours. Il était sûrement temps de changer. En fait, il se rendait compte qu'il aimait particulièrement la phase de construction, lorsqu'il s'ingénuait à les séduire, à les mettre en confiance. Quel plaisir lorsqu'il abattait la dernière résistance ! Surtout si elles s'étaient montrées un peu résistantes.

Il lui carressa la joue droite et lui glissa une mèche de cheveux derrière l'oreille. Elle pinça les lèvres.

— Qu'est-ce qu'il y a ? Tu as mal ?

— Non, non, pas du tout. Je suis désolée.

Il y avait été un peu fort hier. Il tâta ses cheveux, indifférent aux larmes qu'elle ne parvenait pas à retenir, et trouva la plaie coagulée.

— Va te laver les cheveux, cela te soulagera, lui ordonna Souli, sachant pertinemment que l'eau et la friction réveillerait la douleur. Il était fatigué et n'avait pas beaucoup d'énergie à lui consacrer.

— Très bien, j'y vais tout de suite.

Elle avait réussi à cacher sa réticence. Brave petite.

Il la regarda se mettre à genoux dans le coin reservé à la douche et diriger l'eau sur sa tête penchée en avant. Ainsi, elle lui tendait ses fesses, ornées de quelques bleus. Il n'y résista pas, et se dirigea vers elle en sortant son sexe déjà dur.

Chapitre 29

À la recherche de Cassiopée

Cassioppée, 17 mars 2129

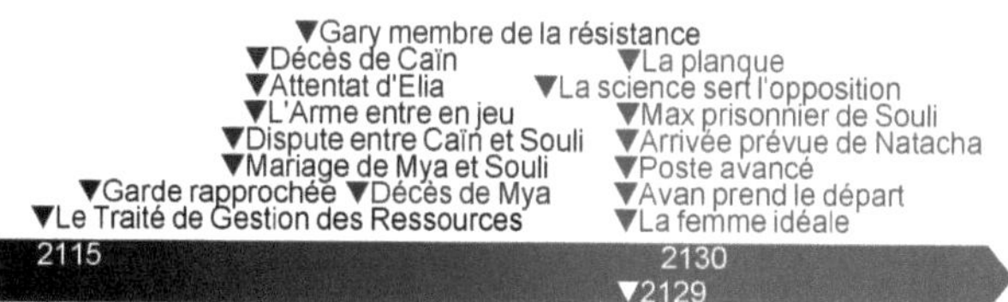

Au dernier moment, Limor avait confié l'arrestation d'Abel à un de ses lieutenant, malgré l'injonction de Souli pour qu'il dirige personnellement l'opération. Souli le tuerait probablement si cela se passait mal, il n'en avait cure pour l'instant. Il devait la prévenir. Il devait la protéger. Limor espérait surtout que Jade accepterait de l'écouter.

Il ne donnerait pas le signal aux hommes de l'opération Cassioppée tant qu'il n'aurait pas pu lui parler, en espérant qu'ils ne reçoivent pas d'autres ordres en l'attendant. Se présentant à l'entrée du Walipini, en sa qualité de militaire, il n'eut pas de mal à se faire guider vers Jade. Jade était occupée à l'entretien d'une culture. Lorsqu'elle le vit, son visage exprima le mécontentemment puis l'inquiètude.

> — Limor, je te demande de sortir immédiatement de mon Walipini. Un membre du gouvernement n'a rien à faire ici, lança-t-elle.
> — Jade, je t'en prie, écoute-moi. Je viens en ami, je ne suis pas là sur ordre de Souli je t'assure.
> — Nous ne sommes certainement pas amis. Vous avez tué Élia et votre propre frère, toi et Souli. Je ne veux pas t'écouter. Vas-t-en.
> — Je... Je ne suis pas responsable de la mort d'Élia ni de Caïn. Je t'en supplie tu dois m'écouter. En privé. Décide ce que tu veux ensuite.

Jade hésita. Limor avait vraiment l'air désemparé et sincère. Elle ne l'estimait pas assez retors pour jouer aussi bien la comédie. Elle décida finalement de l'entraîner dans un coin et lui demanda ce qu'il avait de si important à lui dire. Lorsqu'il lui expliqua qu'elle devait fuir immédiatement, elle eut peur d'un piège. Fuir ce serait avouer sa culpabilité.

> — Limor, je ne comprends pas pourquoi tu me dirais ça. Depuis la mort d'Élia vous n'attendez qu'un prétexte pour m'arrêter, je le sais. Vous n'avez pas pu car je suis innocente. Pourquoi tu viendrais maintenant me sauver ?
> — Je sais que tu n'es pas innocente, Jade, et je m'en moque. Depuis la mort d'Élia et Caïn, Souli souhaite t'arrêter. Pas moi. C'est moi qui me suis opposé avec grand peine à ton arrestation. Je te protège depuis tout ce temps. Et aujourd'hui, si tu ne m'écoutes pas, je ne pourrais plus rien pour t'aider. Je t'en prie, fuis le plus vite possible. Je devrais déjà avoir lancé l'opération contre Cassioppée.
> — Je t'ai écouté. Pars maintenant.

Limor s'approcha de Jade, il ne savait pas quoi faire pour la convaincre. Il voulait la toucher pour l'assurer de sa sincérité, mais Jade eut un mouvement de recul, comme si elle avait peur de lui. Il recula en baissant la tête, déçu. Il murmura "Jade, sauve-toi" et la laissa. En consultant sa montre qui lui permettait aussi de communiquer avec ses hommes, il comprit que l'opération était en cours. Ils n'avaient pas attendu son signal, trop long à venir. Ils devaient déjà cerner Cassioppée, il était trop tard.

Jade passa à son bureau en accélérant le pas. Elle avait finalement prit le parti d'écouter Limor. Elle prit un sac d'affaires, qu'elle tenait toujours prêt en cas d'urgence, et se décida à quitter Cassioppée.

Elle se dirigea vers le monte-charge, puis se ravisa.

Surtout pas par la seule issue connue, si c'était un piège, elle courait droit dedans. Elle devait emprunter l'issue de secours, ménagée par les soins d'Abel dans certains Walipinis. Elle se faufila avec hâte dans un étroit couloir dérobé, et marcha dans le noir d'un bon pas. Elle connaissait le trajet.

Au bout d'une petite vingtaine de minutes de marche, elle déboucha prudemment sur l'extérieur. Elle regarda en direction de son Walipini. Jade resta interdite.

Au milieu de nul part, 17 mars 2129

Natacha avait connu des jours meilleurs. D'un tempérament pourtant optimiste, elle trouvait que le moment était particulièrement approprié pour s'effondrer.

Elle avait marché ce qui lui avait paru des heures dans la galerie indiquée par Abel. L'image de cet homme fort à genoux ne l'avait pas quitté. Elle avait fini par déboucher sur l'extérieur, non sans avoir enfilé les vêtements chauds contenus dans le sac. D'un coup d'oeil sur les environs, elle avait conclu qu'elle était au milieu de nul part, et que sa courte escapade lors de sa formation ne l'avait jamais amenée par là. La zone la plus noire dans la glace lui indiquait où était la ville, qu'elle estimait à une petite dizaine de kilomètres. Le ciel était lui aussi sale, elle n'avait aucune idée de l'endroit où était le soleil pour s'orienter. Elle savait que Cassiopée était au nord-ouest de la ville, ce qui lui faisait une belle jambe pour l'instant.

De ses deux jours de balade, Natacha avait retenu une chose : le sol était un gruyère, composé de nombreux tunnels qui menaient partout sans avoir besoin de mettre le nez dehors. Elle n'était jamais allée à Cassiopée, elle ne savait pas quel obscure couloir emprunter. Elle trouverait peut-être des indications, ou elle demanderait, après tout elle n'était pas sensée être recherchée. Il lui fallait juste trouver une entrée pour aller dans le sous-sol. Elle cherchait quelque chose ressemblant au passage qu'elle avait emprunté lors de sa formation pour découvrir ce que le monde était devenu.
L'angoisse l'étreignait tandis qu'elle marchait, courbée contre le vent glacial. Elle se sentait particulièrement vulnérable, à découvert dans l'immensité grise. L'adrénaline retombait, la laissant vidée et découragée.

Enfin, après ce qui lui semblait des heures d'errance à se retourner sans cesse pour s'assurer de n'être pas suivie, elle crut voir un relief dans le paysage. Cela pouvait être l'entrée qu'elle cherchait.

Ce monticule glacé était évidemment plus loin qu'elle l'avait estimé. Lorsqu'elle y parvint, elle fut déçue : il n'y avait rien, ou s'il y avait une entrée, une couche de glace trop épaisse l'avait recouverte. Elle refusa de perdre espoir. Abandonner, c'était mourir. Elle n'avait pas le choix. Petit objectif par petit objectif, elle devait continuer d'avancer.

Elle continua de marcher vers la ville scrutant les environs. Au moins elle n'était pas dérangée par la foule, elle était le seul être vivant à la surface. Elle ne vit même pas d'oiseaux. Elle commençait à avoir sérieusement froid malgré l'épais manteau gris.

Son troisième essai fut le bon, elle avait trouvé une porte. Elle dégagea la neige qui avait gelée autour avec des coups de pieds. Natacha réalisait que son entrée n'était pas discrète, le bruit des impacts résonnant immanquablement dans les tunnels. C'était ça ou mourir congélée. La lourde porte n'avait pas dû être ouverte depuis un moment car Natacha eut les pires difficultés à la pousser. Lorsqu'elle finit par céder, Natacha fut emportée par son élan et fut projetée durement sur le sol. Le bon côté des choses c'est que tous ces efforts l'avaient réchauffée. Elle se releva en pestant. Elle était nez à nez avec une barrière qui lui rappela qu'il fallait d'abord appeler le monte-charge.

Durant la descente, elle se demanda quelle était la conduite à tenir lorsqu'elle croiserait des gens. Elle décida de se comporter naturellement. Pour autant, elle éviterait les caméras comme Erwan lui avait appris. Erwan... Lui aussi devait avoir été arrêté. Il ne fallait pas qu'elle y pense. En bas, au bout d'un couloir qui menait à un petit carrefour, où elle croisa quelques piétons, elle trouva un plan. Heureusement, il y en avait quelques-uns dans les souterrains, et les Walipinis y étaient souvent indiqués. Elle constata avec soulagement qu'elle n'était pas si loin que ça de Cassiopée. Elle devrait y être dans quelques heures de marches, pas plus d'une journée en tout cas.

À proximité de Cassiopée, 17 mars 2129

Jade était atterrée. Un dirigeable militaire s'était posé sur Cassiopée, vomissant une petite dizaine d'homme armés. Il se passait quelque chose de grave. Souli avait vraiment envoyé des hommes pour l'arrêter elle, Limor avait raison. Elle était sûre qu'il était arrivé quelque chose à Abel aussi, sinon il aurait trouvé le moyen de l'avertir de cette opération. Impensable d'essayer de rejoindre Abel. Tout en s'éloignant rapidemment de sa constellation, Jade réfléchit. Que devait-elle faire ? Elle ne songeait pas à se protéger elle-même. Il fallait sauver ce qui pouvait l'être de la résistance.

Ce qui revenait à sauver Natacha.

En espérant qu'il ne lui était rien arrivé. Si Abel avait réussi à la protéger, où pouvaient-ils être à présent ? Selon toute vraisemblance ils iraient au laboratoire. Le laboratoire n'était connu que de Gary, Abel et elle-même. Il y avait très peu de chance pour que Souli l'ait découvert. Jade n'avait pas de meilleure alternative, elle décida de s'y rendre aussi.

Sur la glace noire, 17 mars 2129

Natacha était épuisée.
Elle avait déambulé des heures.
Elle avait faim.
Elle avait soif.
Elle avait froid.
À l'approche de Cassiopée, elle avait jugé plus prudent de refaire surface à bonne distance. Grand bien lui en avait pris. Lorsqu'elle avait découvert des militaires qui arrêtaient à nouveau tout le monde... Le découragement l'avait saisi. Elle s'était laissée tomber sur la glace, ne cherchant même plus à se cacher. De toute façon, ils avaient sans doute fait le plein car le dirigeable s'apprêtait à repartir. Il n'y avait pas de plan B. Les quelques personnes qu'elle connaissait avaient toutes été arrêtées. Elle n'accomplirait jamais sa mission. Natacha ne retournerait jamais chez elle non plus. Et elle aurait bien du mal à survivre ici, d'autant qu'elle allait sûrement être recherchée. Abel... Non, il fallait se faire une raison, si Abel n'était pas encore mort, il se faisait sans doute torturer et ne pouvait rien pour elle. Au souvenir de cet homme courageux qu'elle avait apprécié, ses yeux se remplirent à nouveau de larmes. Elle ne cherchait plus à se retenir.

Lorsqu'elle rouvrit les yeux, elle ne savait plus depuis quand elle était là, combien de temps elle avait laissé les sanglots la secouer. Elle ne sentait plus ses mains ni ses pieds. La peau du visage la tirait affreusement, ses larmes avaient surement gelé. Dans un état second, Natacha distingua une silhouette qui s'avançait vers elle. Bizarre que les militaires ne soient pas plusieurs comme les autres fois qu'elle les avaient vus. En même temps, ce n'est pas pour la résistance qu'elle allait pouvoir opposer... Elle essaya tout de même de se lever, mais ses jambes ne lui obéirent pas. L'effort lui coûta le peu d'énergie qu'elle avait, la laissant à genoux, résignée. Elle essayait de fixer la silhouette qui s'approchait. Il fallait tenir tête à son corps qui réclamait du repos. C'était difficile, il lui sembla que le ciel s'assombrissait encore davantage et des étoiles dansaient devant ses yeux.

Cassiopée...

En voiture, 17 mars 2129

Jade arriva enfin à la voiture. Elle n'avait pas bougé, toujours aussi bien cachée. La voiture ne payait pas de mine, pourtant Gary l'avait bien équipée : un lecteur d'empreinte rétinienne pour la déverrouiller et la démarrer, et un ordinateur de bord très puissant et surtout sécurisé autant que possible. En s'installant au volant, Jade fut prise d'un sursaut.

Elle réalisa que la voiture n'avait pas bougé.

Or la voiture est le seul moyen d'accès au laboratoire, donc Abel et Natacha ne pouvaient pas s'y être rendus.

Où sont-ils ?

Jade ferma les yeux pour réfléchir. Abel et Natacha étaient au QG pour continuer la formation. Si Souli avait trouvé le QG comme Jade le supposait, Abel et Natacha avaient dû s'enfuir. Enfin, Jade espérait de tout son coeur qu'ils avaient pu. Jade connaissait mal le QG. Elle n'avait pas besoin d'y aller, et surtout Abel considérait qu'il était bien trop dangeureux pour elle comme pour l'organisation qu'elle fréquente le QG, sachant les soupçons que Souli faisait peser sur elle depuis la mort d'Élia. Abel avait cependant tenu à lui faire visiter une fois, par sécurité. Il estimait qu'il ne fallait jamais être seul à détenir les informations, et Jade était une des rares à bénéficier de toute la confiance du chef de la résistance. Il lui avait montré les dispositifs de sécurité de la résistance dans le sous-sol ministériel. Il n'y avait que deux entrées, accessibles par des couloirs cachés dans des tunnels de métro désaffectés. Si le QG avait subi une attaque, les hommes de Souli étaient forcément arrivés par là, condamnant les seules issues. Jade rouvrit les yeux d'un coup. Oui, bien sûr, Abel était un homme très prévoyant. Elle se souvenait qu'il lui avait montré une troisième issue, secrète celle-là. Elle menait à l'ouest de la ville. Jade était soulagée, elle était sûre qu'ils avaient pu s'enfuir. Et s'ils ne sont pas allés directement au laboratoire, c'est peut-être qu'ils voulaient prévénir Cassiopée. Elle devait y retourner. Avant qu'il ne soit trop tard.

Chapitre 30

Place nette pour la suivante

Dans un tunnel souterrain, 5 novembre 2123

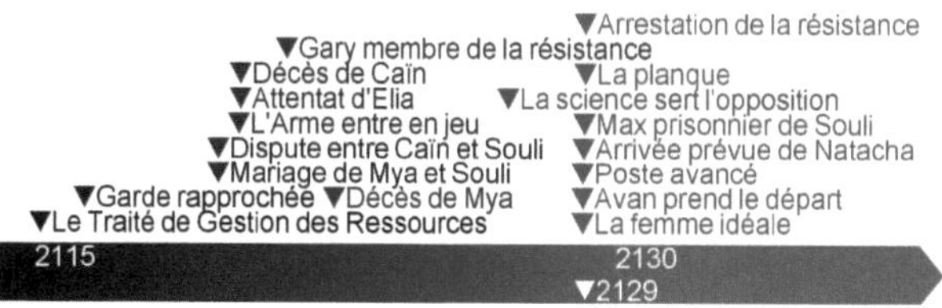

Cheminant vers sa garçonnière, Souli pensait à elle. Elle lui plaisait décidemment beaucoup et avait pris son temps comme avec aucune autre avant elle. Lorsqu'il avait fait sa connaissance, il avait senti une grande force en elle. Ce challenge l'avait excité, il avait déployé tout son art pour la séduire et la mettre à sa merci. Aujourd'hui, elle était prête, il le savait. Il allait pouvoir lui montrer qui il était vraiment.

Il ouvrit la porte de sa cave avec fracas : il adorait la frayeur que la surprise infligeait à ses victimes. La pauvrette, très jeune, n'était pas là depuis longtemps et ne l'avait pas beaucoup amusé. Elle l'attendait, à genoux, pitoyable, comme d'habitude. Il n'avait plus envie d'elle et n'était venu que parce qu'il fallait libérer la place. En s'approchant d'elle, il vit ses tétons pointants, sans aucun doute à cause du froid. Il lui pinça violemment.

> — Tu es toujours excitée, toi, salope ! Tu veux que je te baise ?

> — Tout... Tout ce que vous voudrez.

> — Je n'ai pas très envie, moi.

Lorsqu'il sentit son léger soupir de soulagement, il décida qu'il la tourmenterait une dernière fois, finalement.

En avant pour le passé, 18 mars 2129

Natacha avait mal partout. Son corps était une énorme courbature. Elle voulut s'étirer et sentit qu'elle était coincée. Il faisait noir, elle ne savait pas où elle était. Elle avait encore l'impression que ça tanguait autour d'elle. L'épuisement sans doute. Elle parvint à se redresser en gémissant et finit par comprendre qu'elle était à l'arrière d'une voiture.

> — Natacha ! Je suis Jade, tout va bien. Comment te sens-tu ?

> — Jade ? Comment ? hésita Natacha en reprenant ses esprits. Je me sens comme si un troupeau de mammouths m'était passé dessus, répondit Natacha, en vérifiant que ses mains et ses pieds répondaient à nouveau.

> — Tu as dû beaucoup te crisper à cause du froid. Et comme tu étais évanouïe lorsque je t'ai trouvée aux abords de Cassiopée, j'avoue que je t'ai plus traînée que portée pour arriver jusqu'à la voiture.

> — Tu ne t'es pas fait arrêter ? Comment tu m'as trouvée ?

> — J'ai su qu'il se passait quelque chose d'anormal et j'ai pu m'enfuir avant l'arrivée des hommes de Souli. Et j'ai pu te trouver grâce à la prévoyance d'Abel. Il avait mis une balise GPS dans la veste que tu portais.

> — Abel, murmura Natacha, s'assombrissant. Il s'est fait arrêter, Jade. Il l'ont pris.

Les larmes montaient à nouveau, cette fois-ci Natacha essaya de les contenir.

> — Il m'a sauvé, reprit-elle. Il m'a montré une sortie cachée et s'est rendu pour que les militaires ne cherchent pas plus loin.

Jade soupira, très affectée.

> — Je m'en doutais. Peu importe que la résistance soit prise désormais. Toi seule peut encore changer la situation.
> — Et je ferai tout pour qu'il ne se soit pas sacrifié en vain, renifla Natacha.
> — Merci Natacha, nous sommes justement en route pour la navette. Je sais qu'il t'a bien choisie.
> — Il ne m'a pas tellement laissée le choix au début. Mais il m'a convaincue au fur et à mesure de nos discussions. Jade, ma formation n'est pas finie, je ne suis pas prête. Abel devait me parler de Souli, je ne sais quasiment rien de lui.
> — Il faudra te laisser guider par ton instinct. Le but de la formation était que tu ne sois pas perdue, ni trop remarquable, dans une époque qui n'est pas la tienne. Pour Souli, si Predicta t'a élue, c'est que tu dois pouvoir le séduire au naturel.
> — Il... Abel voulait me dire quelque chose quand ils sont arrivés, hésita Natacha. Quelque chose qui avait l'air important.
> — Ah ? Quelque chose sur Souli ?
> — Je ne suis pas sûre. Je ne sais pas. Peut-être.

Jade observa Natacha dans le rétroviseur. Qu'elle le sache maintenant ne changerait rien. Elle avait été suffisamment secouée ces derniers jours. De toute façon, il y avait peu de chance qu'elle le découvre.

> — Aies confiance en toi Natacha, tu sais tout ce que tu as besoin de savoir. Nous sommes bientôt arrivées. Heureusement, Gary a déjà préparé l'incrustation de ton identité en 2123. Tout est prêt là-bas. Je te laisserais quelques heures pour que tu récupères, puis je t'enverrai.

— Pourquoi si vite ?

— Beaucoup d'hommes ont été arrêtés, Natacha. Certains connaissent ton existence, et d'autres au moins l'existence d'un plan secret. Ils vont être torturés. Abel ne parlera pas, je le sais. Mais d'autres céderont, et Souli finira par recouper des informations. Tu dois être partie avant qu'ils arrivent ici.

Natacha appuya sa tête contre la vitre latérale. Elle ferma les yeux. Elle n'avait rien d'autre à faire que de prendre tout le repos possible avant de partir.

Le tempérament de battante de Natacha avait pris le dessus. Sa mission consistait à séduire Souli pour le détourner de ses projets. Et si elle échouait, elle devait essayer de le tuer.

Natacha décida que l'option deux allait devenir l'option une.

Elle l'amadouerait juste suffisamment pour se créer une occasion de supprimer cet être destructeur.

Table des matières

Remerciements

Pour l'écriture de ce premier roman, un peu d'aide n'était pas de refus.

Ainsi, merci à ma mère, pour ses conseils avisés et sa relecture, et mes deux parents pour la création de ma couverture.

Merci à Géraldine pour sa relecture et ses conseils judicieux.

Merci à Alexis pour ses corrections et ses avis avisés.

Et merci à Jonathan pour être allé à la pêche aux conseils concernant l'édition.

Je remercie également mes lecteurs et j'espère sincèrement que vous apprécierez mon univers. La découverte de l'écriture a été une révélation pour moi. J'ai éprouvé un plaisir immense à donner vie à ces personnages, j'ai espéré, tremblé et pleuré avec eux. Je les ai même laissé guider ma plume parfois.

Je souhaite que mes lecteurs puissent partager un tant soit peu ce plaisir et ces émotions avec ce livre.

Quant à moi, je m'attèle aux derniers chapitres de "La Séductrice du Diable" !

Lisez la suite du voyage de Natacha dans le tome II de 71% :
La séductrice du Diable